DIEBISCHE
ELSTERN

KIRSTEN SMITH

DIEBISCHE ELSTERN

Aus dem Englischen von
STEFANIE FRIDA LEMKE

CARLSEN

Originalverlag: Little, Brown and Company, a division of Hachette Book Group, Inc.

Originaltitel: »Trinkets«

Umschlaggestaltung: formlabor

Aus dem Englischen von Stefanie Frida Lemke

Lektorat: Franziska Leuchtenberger

Innengestaltung und Herstellung: Gunta Lauck

Handlettering: Björn Liebchen

Satz: Pinkuin Satz und Datentechnik, Berlin

Druck und Bindung: GGP Media GmbH, Pößneck

ISBN 978-3-551-58407-6

Printed in Germany

Für Hope Leon, meine Komplizin

TEIL EINS

»Ihr mangelndes Selbstbewusstsein ist mein Glück.«

Elodie

THIS MUST BE THE PLACE

Wer glaubt, Portland wäre ein Ort,
an den Hipster ziehen, um sich zur Ruhe zu setzen,
war eindeutig noch nie in Lake Oswego,
meinem neuen Wohnort,
Inbegriff der Suburbia,
Vorort-Utopie cholerischer Audi-Fahrer,
eine Gegend, so weiß,
dass sie »Lake No Negro« genannt wird,
wo Dads hinziehen, denen es egal ist,
dass ihr Kind in Idaho glücklicher war;
eine Gegend, wo Dads hinziehen,
wenn sie hoffen, dass der ständige Regen
die Vergangenheit wegspült, als hätte es sie nie gegeben,
und das Einzige, was sie interessiert,
ist ihr neuer Job
und die hübsche neue Frau
und ein Ort,
an der die Tochter ordentlich unterrichtet
und vernichtend ignoriert wird.

NEU HIER

Von den sechs Monaten, die ich jetzt schon hier bin,
war ich die ersten beiden allein,
bis ich Rachelle traf.
Sie suchte eine beste Freundin und ich irgendwen.
Wir trafen uns in der Jahrbuch-AG,
wo man als Neue
ziemlich schnell Anschluss findet.
Ich bin immer noch so neu,
dass niemand weiß, wie ich heiße,
aber lange genug dabei, um zu wissen, wer wer ist.
Ich bin immer noch so neu, dass ich nicht kapiere,
warum Ken Headley »SpermBob« genannt wird,
aber lange genug dabei, um mitbekommen zu haben,
dass Mr Hart geflogen ist,
weil er sich im Bioraum
an Martin Pierce rangemacht hat.
Ich bin immer noch so neu, dass ich keine Ahnung hab,
was die Interplanetar-AG eigentlich macht,
aber lange genug dabei, um eins zu wissen:
Wenn es einen Typen gibt,
mit dem jedes Mädchen
unbedingt zusammen sein will,
dann ist es Brady Finch.

ANATOMIE DES MENSCHEN

Brady steht vor seinem Spind,
und als er nach oben greift und was rausnimmt,
denke ich an das Wort *Sehne* –
wahrscheinlich, weil wir in Bio gerade
die Anatomie des Menschen durchnehmen.
Ich sollte Mr Lopez mal sagen,
wenn er will, dass wir
die Anatomie des Menschen ernst nehmen,
muss er, während er das Wort *Sehne* ausspricht,
uns ein Bild von Brady Finchs Unterarm zeigen,
dann würde jedes Mädchen mit einem C minus
garantiert auf ein B plus kommen.
Brady schnappt sich seinen Rucksack
und knallt den Spind zu,
und sein sehniger Arm
legt sich auf seinen rechtmäßigen Platz:
auf Tabitha Fosters Schultern.

Tabitha

WAS DER SPIEGEL SAGT

Ich frage mich ja, was am »Beliebtsein« eigentlich so toll sein soll, denn manchmal ist es echt ganz schön nervig. Zum Beispiel wenn irgendwelche blöden Tussis mit geistlosen Sprüchen Aufmerksamkeit heischend in deinen persönlichen Raum eindringen und um Freundschaft betteln.

»Hey, Tabitha ... Wie gehts? ... Alles klar? ... Tolle Ohrringe ...« Und so weiter. Kotz. So was von anstrengend.

Natürlich finde ichs super, dass mich die Leute kennen und ich durch meinen Promi-Bonus mit allem davonkomme, aber trotzdem hätte ich auch gern ein kleines bisschen Privatsphäre.

Gerade ist eine der seltenen Gelegenheiten, wo ich besagtes kleines bisschen tatsächlich bekomme – mit Kayla und Taryn auf dem Mädchenklo. Klar, die beiden reden über total albernes Zeug, aber immerhin beachten sie mich nicht, weil sie die ganze Zeit in den Spiegel gucken.

»Ich hab gestern Abend anderthalb Stunden Cardio gemacht«, sagt Kayla, während sie sich die langen schwarzen Haare aus den Augen streicht. Asiatinnen haben echt Glück, was ihre Haare angeht. Sie haben kaum welche am Körper, dafür aber diese superglänzenden, pflegeleichten Mähnen.

»Ich glaub, von Coke Zero bekommt man Verstopfung«, sagt Taryn und presst sich eine Hand auf den Bauch.

Kurz darauf sieht Kayla mit zusammengekniffenen Augen einer gut gelaunten Blondine hinterher, die gerade den Toilettenraum verlässt. »Serena Bell nimmt die Pille«, sagt sie. »Deswegen hat sie solche Riesentitten.«

»Meine sind einfach ein gottgegebenes Geschenk«, sagt Taryn und drückt die Brüste in ihrem tief ausgeschnittenen Juicy-Couture-Top hoch. Es stimmt; ihre C-Cups sind ihr großer Pluspunkt und sie hat definitiv kein Problem damit, sie einzusetzen.

Ausnahmsweise bombardieren mich Kayla und Taryn mal nicht mit Fragen wie »Was macht Brady?« und »Was geht heute Abend?«, weil das Nachschminken und Stylen und Sich-selbst-im-Spiegel-Bewundern ihre ganze Aufmerksamkeit erfordert.

Insgeheim bin ich eine richtige Expertin, was Spiegelgesichter angeht. Alle haben eins. Das Spiegelgesicht meiner Mom: rauchiger Blick, die Augen halb geschlossen, sexy und geheimnisvoll. Kaylas: ein Kussmund mit geschürzten Lippen und eingesogenen Wangen. Taryns: ein kesses Grinsen, wobei sie den Kopf in einem Winkel neigt, der sie fünf Kilo leichter aussehen lässt. Zu dumm, dass keine von ihnen das im echten Leben hinbekommt. Das ist das Blöde daran; eigentlich machen wir unser Spiegelgesicht, weil wir von anderen so wahrgenommen werden wollen, aber nur wir selbst sehen uns so.

Das wäre vielleicht mal ein gutes Thema für den Schulblog, aber wer hat schon Zeit für so was? Nur weil Ms Hoberman mir in Kreativem Schreiben ein A gegeben hat, muss ich meine Zeit schließlich noch lange nicht mit Bloggen verschwenden. Bloggen ist was für Leute ohne Sozialleben. Außerdem gibt Ms Hoberman allen ein A. Deswegen mache ich dieses Halbjahr auch ihren Shakespeare-Kurs. Das Beste daran sind die Ausflüge – mit Freundinnen abhängen und dafür auch noch Extrapunkte kriegen. Dieses Jahr gehen wir nur zu einer Aufführung vom Northwest Classical Theatre, aber nächstes Jahr, in der Zwölften, fahren wir zum Shakespeare Festival nach Ashland. Ein ganzes Wochenende Party und mit dem Freund rummachen, und die Eltern bezahlen, weil sie denken, wir würden »was lernen«.

Bradys Spiegelgesicht habe ich noch nie gesehen. Sein Alltagsgesicht ist allerdings auch schon ziemlich umwerfend. Brady hat Grübchen und dicke, blonde Haare, die er immer ein bisschen zerwühlt stylt, was fantastisch aussieht, und manchmal kann er sogar richtig charmant sein. Er ist kein Fan von tiefschürfenden Gesprächen, aber welcher Typ ist das schon? Und mal im Ernst, wozu auch? Es ist viel einfacher, nicht miteinander zu reden. Reden endet immer nur damit, dass man endlos über die eigenen Gefühle spricht – nie über seine – und dabei viel zu viel von sich preisgibt, bis der Typ dir schließlich das Herz bricht und du maßlos enttäuscht bist.

Kayla trägt sich zum Schluss noch ihren rosa schillernden Lipgloss inklusive Plumper von Dior auf. Ihre Lippen sehen leicht klebrig aus.

»Können wir los?«, frage ich. Marcia Abrahams guckt schon die ganze Zeit zu mir rüber und ich habe den Verdacht, dass sie gerade all ihren Mut zusammennimmt, um mich zu fragen, was ich zum Spring Fling anziehe. Sie fragt mich das immer, und zwar regelmäßig ziemlich genau elf Wochen vor einem Ball, und dann schafft sie es irgendwie, fast dasselbe zu tragen. Nachahmung ist angeblich ein Kompliment, aber Nachmacherinnen nerven, und wenn man mitbekommt, dass sie mal wieder eine Invasion in die Privatsphäre planen, sollte man sie tunlichst ignorieren.

Abgesehen davon hat Beliebtsein an der Lakers den Vorteil, dass man einen Spind neben den ganzen anderen beliebten Leuten hat. Ich weiß nicht, wie das funktioniert, aber anscheinend gehen die Spinde in bester Lage immer an die A-Promis.

Kayla und Taryn und ich schlendern zu unseren Spinden. Brady und seine Jungs sind schon da und Brady nimmt gerade seine Vitamintabletten aus dem Spind. »Höchstleistung« ist ihm extrem wichtig.

»Wo warst du gestern Abend?«, fragt ihn Jason Baines.

»Ja, genau«, sagt Noah Simos. »Du warst überhaupt nicht bei Ferber.«

»Hat dir das deine Mom nicht erzählt?«, fragt Brady. »Sie hat mich zu euch eingeladen und mir einen geblasen.«

Ist es nicht seltsam, wie oft Jungs Witze darüber machen, Sex mit den Müttern ihrer Freunde zu haben? Oder darüber, wie schwul die anderen sind? Wenn man einen Penis hat, kann man offenbar aus einem unerschöpflichen Vorrat an unlustiger Komik schöpfen.

Noah boxt ihn, und Brady schlingt lachend den Arm um mich. Ich rieche sein Dolce-&-Gabbana-Parfüm. Gar nicht mal so unangenehm. Ich sehe ihn an mit einem Blick, der sagt: *Du bist der bezauberndste Mensch, den ich kenne, und dein Arm um meine Schultern macht mich zum glücklichsten Wesen auf der ganzen Welt.* »Wann soll ich dich heute Abend abholen?«, fragt er und küsst mich.

»Um neun?« Er ist zwar ein Idiot, aber er hat echt tolle Lippen. Und er ist eins achtundachtzig, was gut ist, denn ich bin ein paar Zentimeter größer als die meisten Mädchen in meinem

Jahrgang. Manchmal fragen mich die Leute, ob ich schon mal gemodelt hätte. Meine Mom hat mich mal zu einem professionellen Foto-Shooting geschleppt, aber ich fands furchtbar. Lauter heiße Lampen und alles total gestellt. Hat mich ziemlich schnell gelangweilt. Obwohl man sagen könnte, dass ich jetzt auch nichts anderes tue, wenn ich Brady so ansehe und die perfekte Freundin spiele. Entweder das oder ich zeige ihm mein Spiegelgesicht.

Moe

19. Februar

Ich weiß, ich bin zwar nicht direkt verantwortlich dafür, dass Lindsay Manatore ihre Runden halb in Jogginghose, halb in Shorts laufen musste, aber trotzdem hätte ich Alex wohl davon abhalten sollen, mit Janets Taschenmesser eins ihrer Hosenbeine abzuschneiden. Aber irgendwie bin ich auch froh, dass ich das nicht getan habe, denn es war schon sehr lustig. Jedes Mal, wenn wir Lindsay auf der Bahn begegneten, sang ich »Who wears short shorts?« von den Royal Teens.

Alex hat sich vor allem deswegen mit mir angefreundet, weil sie mich für lustig hält. Und weil sie dachte, so wie ich mich kleide, würde ich zu ihrem sozialen Kreis gehören. Ich hab ihr gesagt: »Vergiss es, ich hab einfach nur einen furchtbaren Klamottengeschmack.« Und dann hat Alex mich ihren Freundinnen als ihre urkomische, sarkastische Freundin Moe vorgestellt. Das war am Anfang der Neunten, und seitdem bin ich diese Person. Davor war ich immer nur mit Losern befreundet, aber ich muss sagen, mit den krassen Kids oder den »Burnouts« oder wie auch immer man sie nennt abzuhängen hat auch seine Vorteile, weil dir niemand blöd kommt. Das Problem ist, du lernst nie wen

Neues kennen, denn die Leute gehen dir meistens aus dem Weg, weil sie denken, du bist gefährlich und verprügelst sie.

Der Einzige, der mein wahres Ich ansatzweise kennt, ist Noah. Das würde er in SEINEM Tagebuch wahrscheinlich nie zugeben. Er ist eh einer von den angesagten Jungs, und die schreiben kein Tagebuch. Die posten Status-Updates, und mit Status meine ich STATUS. Er hängt mit Leuten wie Tabitha Foster und Brady Finch und Jason Baines ab. Noah redet nur nach der Schule mit mir, wenn wir allein sind, und haut ab, bevor meine Tante von der Arbeit kommt. Oder ich gehe, bevor seine Mom nach Hause kommt.

Gestern habe ich ihm gewunken, als er gerade mit seinen Eltern nach Hause gekommen ist. Er hat nicht reagiert. Ich hörte, wie seine Mom gefragt hat: »Wer ist das?«, und er hat geantwortet: »Keine Ahnung.« Hey, Arschloch, wenn du so tun willst, als würdest du mich nicht kennen, okay, aber ich WOHNE NEBENAN. Hättest du nicht wenigstens sagen können: »Ich glaub, die wohnt nebenan«? Er muss mir ja nicht gleich seine ewige Liebe gestehen oder der ganzen Welt mitteilen, dass wir miteinander rumknutschen und manchmal auch mehr, aber gib doch wenigstens zu, dass du mich kennst. Blödmann.

Tabitha

GESUNDES KÖRPERGEFÜHL

»Bitte, sag nicht, dass es heute noch regnet.« Kayla zeigt auf den grauen Himmel, während wir den perfekt gepflegten Weg entlang zu Taryns Haus gehen.

»Tut mir leid. Es regnet heute noch«, sage ich. Wir sind in Portland. Hier regnet es 155 Tage im Jahr.

Kayla klingelt, und das Läuten hört sich an wie Kirchenglocken auf Crack. Das Haus ist ein protziges weißes Fertighaus direkt am Lake Oswego. Nicht mein Geschmack, aber in diesem Viertel gilt die uneingeschränkte Herrschaft der Neureichen, und dies ist das perfekte Beispiel dafür, was Neureiche mit ihrem Geld so machen. Taryns Eltern haben Geld wie Heu, durch den schönen Manager-Job ihres Vaters bei Nike und den ihrer Mom bei Wieden+Kennedy.

»Ich fahre«, verkündet Taryn, als sie die Haustür aufreißt, und schüttelt ihre blonde Lockenmähne.

»Ich will was *Hottes* kaufen«, sagt Kayla und fummelt an ihrem Bauchnabel-Piercing rum, das sie zusammen mit ihrem flachen Bauch unter einem strategisch aufgerollten Sweatshirt stolz zur Schau trägt.

Kayla hat einen Fitnessraum bei sich zu Hause und sie trägt

ein rotes »Core«-Armband aus Gummi, das sie daran erinnert, den Bauch einzuziehen. Ihre persönliche Heldin ist Tracy Anderson, die Trainerin von Gwyneth Paltrow. Sie hat Tracys komplettes Trainingsoutfit, bis hin zu den Schuhen. Wenn ihre Mom es erlauben würde, hätte sie sich wahrscheinlich schon längst die Haare blondiert, um noch mehr wie Tracy auszusehen, aber zum Glück hat sie wohl erkannt, dass »Blonde Asiatin« nicht gerade der beste Look ist. Danke, Bai Ling.

Wir steigen in Taryns roten Mini, ein Geschenk ihrer Eltern für die unglaubliche Leistung, sechzehn geworden zu sein. Kayla krabbelt auf den Rücksitz.

»Hast du nicht schon einen ganzen Schrank voll mit hotten Sachen?«, ziehe ich sie auf.

»Too much, too much, too much, too much, too much, is never enough«, singt sie.

Unsere Freitagnachmittags-Shoppingtrips sind ein festes Ritual. Früher habe ich sie geliebt, aber seit ungefähr einem Jahr frage ich mich, ob ich mich dadurch nicht irgendwie bestechen lasse, wenn ich das Geld von meinem Dad ausgebe. Würde er nicht so viel verdienen, hätte Mom sich wahrscheinlich längst von ihm getrennt. Jedes Mal, wenn ich etwas mit einem Fünfzig-Dollar-Schein bezahle, den ich von ihm bekommen habe, stehe ich damit noch tiefer in der Schuld des Feindes. Doch wenn es den Feind nicht gäbe, hätte ich letztes Jahr zu Weihnachten wohl auch keine Diamantenohrstecker von Tiffany bekommen.

Wir fahren auf den Washington-Square-Parkplatz und Taryn zieht wieder mal ihre »Ich brauche zwei Parklücken statt einer«-Nummer ab, wobei sie beinah einen Typ im Rollstuhl anfährt.

»Pass doch auf!«, rufe ich.

»Nur weil er im Rollstuhl sitzt, musst du ihn noch lange nicht von seinem Los befreien«, sagt Kayla.

»Meinetwegen. Aber er wäre mir sicher dankbar, wenn er wüsste, dass es bei Macy's keine Sachen von Miu Miu gibt«, sagt Taryn naserümpfend. Sie lebt für ihren Ruhm als Fashionista und die Möglichkeit, ein Stück Haute Couture zu besitzen. Nicht, dass die Washington Square Mall besonders viel Haute Couture zu bieten hätte, aber es ist immer wieder erstaunlich, wie viele Dads aus unserem Jahrgang mit Privatjets in der Gegend rumdüsen und wie viele Mütter zu Elternsprechtagen ihre Pelze ausführen. Und wenn es eine gibt, die in einer Shoppingmall ein Tausend-Dollar-Kleid aufspüren kann, dann ist das Taryn. Als Mr Lopez mal eine seiner Fünfzehn-Minuten-Toilettenpausen gemacht hat, hat sie die Tische im Bioraum zum Laufsteg umfunktioniert.

Kayla steuert wie von der Schwerkraft angezogen auf Forever 21 zu, wo alle ihre Schlampen-Outfits herstammen. »Kommt, wir gehen zu Forever 21«, sagt sie.

»Wir gehen zu Bebe«, sagt Taryn entschieden. Bis zum Spring Fling sind es noch fast drei Monate, aber sie ist wild entschlossen, sich rechtzeitig das perfekte Kleid zu schnappen.

»Was willst du bei Forever 21? Die drucken Bibelsprüche auf den Boden ihrer Einkaufstüten.« Ich verdrehe die Augen.

»Nicht im Ernst!«, keucht Kayla.

Ich zucke die Achseln. »Kannst ja nachsehen. Ich gehe zu Nordie's«, erkläre ich. Ich weiß, dass keine von beiden dahin will. Der Laden ist »zu Neunziger«.

»Treffen wir uns nachher auf 'nen Frozen Yogurt bei Yopop?«, fragt Taryn und ich nicke.

Kayla zeigt aufs Forever-21-Schaufenster. »Ooh – ein Tube-Top mit Glitzer!«

»Pass bloß auf«, sage ich. »Total sündig, die Klamotten. Wenn du das kaufst, musst du hinterher büßen.«

Kayla streckt mir die Zunge raus und ich muss lachen. Manchmal ist sie eine ziemliche Idiotin, aber zumindest ist auf sie Verlass. Obwohl ich ihr letztes Jahr betrunken von der Affäre meines Dads erzählt habe, hat sie nie wieder ein Wort darüber verloren. Und im Gegenzug rede ich nicht über ihre Sexgeschichten mit haufenweise Typen. Letztes Jahr in Familien- und Verbraucherkunde (früher auch Hauswirtschaft genannt) hat Mrs Sykes von einer Studie erzählt, nach der Mädchen mit gesundem Körpergefühl enthaltsamer wären, und Mädchen mit schlechtem Körpergefühl häufiger ihre Partner wechseln würden. Wie schräg ist das denn bitte – wenn man seinen Körper mag, lässt man ihn niemanden sehen, und wenn man ihn *nicht* mag, zeigt man ihn der ganzen Welt? Und warum sollte Kayla ihren Körper nicht mögen, wo doch nicht ein Gramm Fett daran ist?

»Okay, wir sehen uns in 'ner Dreiviertelstunde«, sagt Taryn. Die beiden machen sich auf den Weg und ich seufze erleichtert auf. Endlich kann ich tun, wozu ich gekommen bin.

Moe

24. Februar

Nach der Schule haben Marc und ich Rage gespielt. Links und rechts explodierten gestrandete Wale und plötzlich fing Marc an, mich zusammenzuscheißen, weil ich mit Arschlöchern abhänge und einem Typen, der mich in der Öffentlichkeit ignoriert. Ich hab ihm gesagt, ich brauche keinen überfürsorglichen Bruder. Und dass seine Freunde kein Stück besser sind, die machen auch nichts außer kiffen und Mofa fahren. Er meinte, das wäre was ganz anderes. Gebäude beschmieren und fies zu Leuten sein und ständig Party machen geht gar nicht. Ich hab ihm gesagt, das hat ihn überhaupt nicht zu interessieren, und außerdem, mit wem soll ich denn sonst abhängen? Er meinte, er würde nur auf mich aufpassen, und dann hat er einen Haufen Gingers und Fattys gekillt. Ich war total angepisst, bis mir klar wurde, dass Brüder halt so sind. Sie versuchen, dich vor den Bösen zu beschützen, sogar beim Computerspielen.

Tabitha

JACKPOT

Auch wenn man Geld genug hat, macht es Spaß, sich was umsonst zu besorgen. Besonders aus der Schmuckvitrine von Nordstrom.

»Kann ich das mal sehen?«, frage ich und zeige auf das Maya-Brenner-Armband mit dicken Goldketten und einem kleinen Anhänger mit Steinen aus Türkis und Koralle. Ich kenne es, weil ich neulich ich auf einem Blog ein Bild von Alexa Chung damit gesehen hab.

Die Verkäuferin schließt die Vitrine auf. Sie sieht aus, als hätte das düstere Wetter sie bis in die Seele durchtränkt. Entweder das oder sie wurde auf dem Weg zur Arbeit mit ein bisschen zu viel Eau de Obdachlos eingesprüht. Das zieht schließlich jeden runter.

»Ach, und die Ohrringe«, sage ich, sobald sie das Charm-Armband auf die Samtauflage legt. Sie dreht sich nach den Ohrringen um.

»Nein, nicht die. Die Perlenohrringe.« Ich zeige darauf. »Und das Silberarmband mit den großen Kettengliedern? Und kann ich die goldenen Creolen noch sehen? Danke.« Während die Verkäuferin eins nach dem anderen herausnimmt, lächle ich sie unschuldig an. »Macht es Ihnen was aus, mir noch die Kette mit dem Anhänger da zu zeigen? Sorry.«

»Welche?«, fragt sie, langsam verwirrt.

»Ich kann mich nicht entscheiden«, sage ich und halte die goldenen Creolen hoch. »Tolle Bluse übrigens. Steht Ihnen gut.«

»Ja?« Sie blickt an sich runter auf die marineblaue Bluse, als sähe sie sie zum ersten Mal. Ich habe ein leicht schlechtes Gewissen, ihre Unsicherheit so auszunutzen, aber immerhin wirkt sie schon glücklicher als noch vor fünf Minuten.

»Jean, Telefon für dich – ein Eric?«, ruft eine Frau vom Clinique-Tresen.

Jeans Gesichtsausdruck nach ist Eric ihr wochenlang ausgewichen. Seine Lieblingsbeschäftigungen sind wahrscheinlich Nintendo, Bier trinken und Frauen, mit denen er Sex hatte, zu ignorieren. Und Jean ist ganz offensichtlich eine davon. Ihre glückliche Miene erinnert mich daran, wie aufgeregt ich früher war, wenn Brady anrief. Inzwischen fühle ich mich nur noch in einer Endlosschleife aus Fummeln und blödem Geschwätz gefangen. Ja, manchmal machen wirs auch, dabei sind wir aber eigentlich immer betrunken, daher weiß ich nicht, ob das wirklich zählt. Im Grunde genommen ist es auch nichts weiter als gefühlloses Rein-Raus, das jedes Mal auf ein zwangsläufig schnelles Ende hinausläuft. Ich würde es nicht unbedingt zu meinen Lieblingsbeschäftigungen zählen. Unsere Ausflüge zur Shoppingmall dagegen schon.

»Ich hab grad 'ne Kundin. Sag ihm, ich ruf zurück«, ruft Jean mit bedauerndem Blick auf mich.

»Nein, schon okay.« Ich lächle sie wissend an. »Gehen Sie ruhig. Ich komm klar.«

»Bin gleich wieder da.« Jean nickt dankbar und geht zum Telefon. Jackpot.

»Hey, Unbekannter!«, ruft Jean ins Telefon. Und kurz darauf: »Ja, ich liebe das *Ruth's Chris*-Steakhouse! ...« Dann lässt sie die Schultern sinken. »Ich glaub, ich hab ihn noch. Es war aber nur ein Fünfzig-Dollar-Gutschein, ich weiß nicht, wie weit wir damit kommen ...«

Er will sie mit *ihrem* Gutschein zum Essen einladen? Himmel. Jean sollte auflegen und seine Nummer löschen. Aber wie auch immer – ihr mangelndes Selbstbewusstsein ist mein Glück. Als sie auflegt, winke ich ihr zu, rufe: »Danke! Ich komm nachher noch mal!«, und spaziere weiter. Ich lasse alles liegen bis auf das Maya-Brenner-Armband.

Tabitha

BRILLANTE TRICKBETRÜGERIN

Den Schmuck aus dem Laden zu bringen ist zugleich der aufregendste und der schlimmste Teil. Entweder bist du auf bestem Weg, eine brillante Trickbetrügerin zu werden, oder eine weitere Nummer in der Jugendkriminalitätsstatistik.

Ich gehe extra langsam und gebe vor, ein rosa Strandkleid zu bewundern, während ich unterm Ärmel meines Pullis das Preisschild und den kleinen Barcode-Sensor vom Armband um mein Handgelenk reiße. Ich lasse das Schild und den Sensor fallen und gehe weiter durch die Sportabteilung.

Neunzig Sekunden später bin ich am Straßenausgang. Ich hole tief Luft, mache den letzten Schritt durch die elektronische Pforte – die in 87 Prozent der Fälle nur Show ist, aber trotzdem ist es die letzte, unheimlich aufregende Hürde – und stoße die Tür auf. Befreiend schlägt mir die kalte Winterluft entgegen.

Ich beschleunige meine Schritte und laufe in Richtung Parkplatz. Gleich werde ich scharf rechts abbiegen und in der Nähe von Yopop wieder reingehen. Ich hole mein Handy raus, um Kayla zu schreiben, dass ich gleich da bin, und laufe schneller und schneller, freier und freier. Dann biege ich um die Ecke und renne direkt in einen Sicherheitsmann hinein.

Tabitha

GESCHNAPPT

Das Blut schießt mir so schnell ins Gesicht, dass es sich anfühlt wie hundert winzige Nadelstiche.

Ich tue erst mal so, als wäre nichts. Was mir nicht besonders gut gelingt. »Ups. Sorry. Ich bin so ein Trampel ...«

Er lächelt ein langsames, gleichgültiges Lächeln. Unter seinem Kragen lugt ein Tattoo von einem Luchs oder einer Art Raubkatze hervor. Ich starre darauf. Wie alt er wohl war, als er es sich hat stechen lassen? Hat er es mit seinen Freunden zusammen gemacht? Ob ers bereut?

»Ich muss dich bitten, mit reinzukommen«, sagt er.

»Warum?«

Er lacht leise. »Ich glaube, das weißt du.«

»Ach ja?«, frage ich. Meine Atmung setzt aus.

»Mädchen, die Dreihundert-Dollar-Armbänder klauen, sind nicht so dumm, wie sie aussehen.«

»Ich hab nichts geklaut.« Ich versuche mein Spiegelgesicht, mein Modelgesicht, mein *»Du bist der bezauberndste Mensch, den ich kenne, und dein Arm um meine Schultern macht mich zum glücklichsten Wesen auf der ganzen Welt«*-Gesicht, aber er kauft es mir nicht ab.

»Komm mit rein und zeig mir mal dein Handgelenk.«

Mir bleibt keine Wahl. Also sage ich: »Ach, verdammt! Reden Sie hiervon?« Ich strecke den Arm aus. »Ich hab total vergessen, dass ich es anprobiert habe! Wie dumm von mir.«

Er lächelt mich an. Kurz unter seinem lächelnden Mund sehe ich das Tattoo einer Luchstatze über seiner Halsvene schweben.

»Du magst es ja vielleicht *vergessen* haben« – so wie er das Wort betont, glaubt er mir nicht –, »trotzdem hast du den Laden verlassen, ohne es zu bezahlen, was bedeutet, dass du Ladendiebstahl begangen hast.«

Als wir reingehen, lasse ich mir nichts anmerken, doch dann sehe ich Jean mit ihrer Kollegin hinter der Eingangstür stehen und selbstgefällig grinsen. Noch vor zehn Minuten war Jean der Loser und ich die Gewinnerin. Jetzt ist es genau umgekehrt.

»Eric benutzt Sie nur, weil er umsonst Steak essen gehen will«, sage ich im Vorbeigehen. Ihr Grinsen verschwindet. Der Sicherheitsmann hält mir den Arm hin, fast wie ein Gentleman, der eine Dame auf die Tanzfläche führt – oder ein Luchs, der seine Beute in den Wald zerrt, nachdem die Jagd vorbei ist.

Teil zwei

»Das ist es, was mit Prinzessinnen im echten Leben passiert.«

Moe

2. März

Okay, Frage des Tages: Was ist eigentlich so toll am Spring Fling? Die Leute geben für einen einzigen Abend Hunderte von Dollar aus, und das nur wegen eines kitschigen Fotos vor einem Sternenhimmelhintergrund. Ich gebe zu, mit Noah Simos zu Popsongs zu tanzen ist jetzt nicht das Schlimmste, was ich mir vorstellen kann, aber das wird eh nie passieren, daher brauche ich auch nicht weiter darüber nachdenken.

Tante B erzählt mir ohne Ende langweilige Geschichten von ihren Highschool-Bällen. Sie meint, ich muss unbedingt zum Spring Fling gehen. Sie redet sowieso immer davon, dass man das Leben in vollen Zügen genießen und nichts bereuen soll. So was sagen doch nur Leute, für die die Highschool der Höhepunkt ihres Lebens war. Nicht, dass sie was dafürkann – sie hat es sich schließlich nicht ausgesucht, alles andere aufzugeben, als meine Eltern bei einem Verkehrsunfall ums Leben gekommen sind und sie mein Vormund werden musste. Natürlich bereue ich eine Menge, zum Beispiel, meinen Eltern nicht mehr Beachtung geschenkt zu haben, als sie noch da waren, aber ich versuche nicht zu viel darüber nachzudenken, immerhin war ich erst sieben, als es passiert ist. Ich habe ein paar schöne Erinnerungen an sie, die ich für mich behalte, und ein paar Dinge, von denen ich mir wünschte, ich hätte sie anders gemacht, zum Beispiel, nicht rumzuheulen, dass ich ein Skateboard zum Geburtstag haben wollte. Hätte ich das nicht getan, wären sie wahrscheinlich noch am Leben. Aber je mehr man über solche Sachen nachdenkt, desto schlechter fühlt man sich, und je mehr man über schöne Erinnerungen spricht, desto weniger besonders werden sie. Marc und ich sind uns da einig, und letztes Jahr hat er Tante B zu Weihnachten aus Spaß ein T-Shirt geschenkt, auf dem stand: »No Regrets«. Sie fand es nicht lustig. Als er dann sagte, er bereue es, es ihr geschenkt zu haben, hat sie auch nicht gelacht.

Elodie

SMALL TALK

Als ich nach Hause komme,
bitte ich Dad um seine Unterschrift
für den Shakespeare-Ausflug.
Wer mitfährt, hat zwei Tage Ashland sicher,
angeblich der größte Spaß,
den man an der Highschool haben kann,
und trotzdem gibt es dafür Punkte.
Dad fragt, wie es in der Schule läuft
und wie es meinen Freunden geht.
Ich antworte *gut*, und er nickt und sagt,
Falls du irgendwie Schwierigkeiten hast, Elodie,
ich kann dir bei der Problemlösung helfen,
und sieht mich so District-Manager-mäßig an,
dass ich das Gefühl bekomme, ich müsste
ihn bezahlen, weil er mit mir redet.
Vielleicht schreibt er mir ja nach dem Essen noch
eine Rechnung.

Beim Tischabräumen
erinnert mich meine Stiefmutter Jenna,

dass sie später zu Stegemans gehen.
Sie ist ganz begeistert von der Aussicht,
sich mit Small Talk zu berauschen.
Das kann sie besonders gut:
die ganze Zeit nichts sagen,
und davon jede Menge.
Bestimmt hat Dad sie geheiratet, weil
stille Typen Leute mögen,
die nicht still sind.

Was habt ihr heute Abend vor, du und Rachelle?, fragt
Jenna.
Ich zucke mit den Schultern und sage, *Nichts, vielleicht*
Filme gucken,
denn so läuft es doch mit Eltern;
du erzählst ihnen, was sie hören wollen,
und alles andere
lässt du weg.

Tabitha

EIS

Nachdem Mr Luchs die Polizei gerufen hat, kommt meine Mutter. Sie ist blass und ihre sonst immer perfekt sitzenden aschblonden Haare sind ganz durcheinander. Offensichtlich wurde sie aus einem Cocktailrausch-Powernap gerissen.

Aber eins muss ich ihr lassen: Sie zuckt nicht mal mit der Wimper, als sie mich in dem nasskalten kleinen Sessel im hinteren Bereich des Kundenservice-Centers sitzen sieht.

Auf der Fahrt nach Hause ruft sie über die Freisprechanlage Jeffrey an, der Anwalt ist und ein »alter Familienfreund«. Mom und er waren beide am selben College, und als ich Mom einmal gefragt habe, ob sie damals zusammen waren, tat sie es mit einem Achselzucken ab. Vor zwei Jahren bin ich an Weihnachten in die Küche geplatzt, wo die beiden noch was zusammen getrunken haben. Er erzählte ihr irgendwas und sie hat sich halb totgelacht, was seltsam war, denn normalerweise lacht sie nicht viel. Dann hat sie mich bemerkt und aufgehört zu lachen, aber er stand einfach nur da und hat sie angesehen, als würde er am liebsten bei uns einziehen, statt wieder nach Hause zu seiner Frau mit Übergröße und ihren supernervigen fünfjährigen Zwillingen zu müssen.

Anscheinend hat Mom Jeffrey schon informiert, bevor sie mich abholen kam, denn er klingt total ruhig und zuversichtlich. »Ich kümmere mich um den Papierkram«, sagt er. »Meine Assistentin hat dich für eine Selbsthilfegruppe angemeldet.«

»Ich soll zu einer *Selbsthilfegruppe*?«

»Du musst dem Gericht zeigen, dass du bereit bist, dein Problem anzugehen«, sagt er.

»Ich hab kein Problem.« Ich verdrehe die Augen.

»Ich schicke deiner Mom eine Mail mit den Infos.«

»Und was, wenn ich zu keiner Selbsthilfegruppe will? Ich bin noch nie straffällig geworden. Ich komme ja wohl nicht ins Gefängnis, wenn ich das nicht mache, oder?«

»Der Staat greift ziemlich hart durch, was Ladendiebstahl angeht. Statistisch gesehen werden fünfunddreißig Prozent der Ersttäter rückfällig. Wenn wir dem Gericht zeigen, dass du nicht zu den fünfunddreißig Prozent gehörst, haben wir größere Chancen auf einen Deal«, sagt er.

»Sie machts«, sagt Mom. »Wir sind dir sehr dankbar für deine Hilfe, Jeffrey.« Sie umklammert das Lenkrad und wirft mir einen strengen Blick zu. »Nicht wahr?«

Ich antworte nicht. Ein Deal? Also bitte! Ich habe ein winzig kleines Armband mitgehen lassen. Ich bin doch nicht Winona Ryder.

Als wir nach Hause kommen, geht Mom ins Wohnzimmer, streicht sich das Kleid glatt und setzt sich auf den pflaumenfarbenen Barcelona-Sessel – eine Neuanschaffung im Zuge ihrer letzten Renovierung.

Das Klacken der Eiswürfel in ihrem Glas ist das einzige Geräusch im Haus, abgesehen von dem entfernten Dröhnen des ständig laufenden Rasenmähers zwei Häuser weiter. Mr Patterson denkt anscheinend, wenn er morgens, mittags und abends bis zur Perfektion den Rasen mäht, wird sein Leben irgendwie besser. Womit er sich offensichtlich was vormacht.

Ich hole mein Handy raus. Ich habe acht Nachrichten von Kayla und Taryn, die fragen: WO ZUM TEUFEL STECKST DU? Ich kann schlecht die Wahrheit sagen, also schreibe ich: SORRY. PMS. WIR SEHEN UNS AUF DER PARTY.

Meine Mutter nimmt noch einen Schluck von ihrem Drink – »Club Soda«, also Gin pur.

»Ich verstehe immer noch nicht, warum du das Armband geklaut hast.« Sie seufzt.

Ich wende den Blick ab. »Wie gesagt, es war ein Missverständnis.«

»Dein Dad oder ich hätten dir das Geld dafür doch geben können.«

»Es tut mir leid, okay?«, sage ich. Es scheint sie zu beruhigen. Mom mag einfache Erklärungen für die komplizierten Probleme des Lebens.

»Das Selbsthilfeprogramm dauert nur zwölf Wochen«, erklärt sie. »Jeffrey sagt, wenn du regelmäßig teilnimmst, wird die Sache komplett aus deiner Akte gestrichen. Das sollte ich dir aber nicht sagen, weil er meint, es wäre gut, wenn du ein bisschen Angst hast.« Sie wirft mir einen Blick zu und runzelt die Stirn, soweit es das Botox zulässt. Dann fügt sie hinzu: »Ich werde deinem Vater nichts davon erzählen. Den Stress braucht er nicht auch noch.«

Ach was. Wer braucht schon den Stress, dass das eigene Kind beim Klauen erwischt wird? Mom geht sich nachschenken und ich stehe auf. Ich ertrage dieses Gespräch nicht mehr. Ich muss jetzt tun, was ich am besten kann, nämlich mich zurechtmachen, um mit einem Haufen Leute, die ich nicht ausstehen kann, auf eine Party zu gehen.

Elodie

WAS WIR MACHEN

Derek Godfrey,
den ich nicht kenne,
schmeißt eine Party,
und wir gehen hin.
Es ist meine erste Party in Oregon
oder vielleicht auch meine erste Party überhaupt,
abgesehen von ein paar Geburtstagsfeiern hier und da.
Das beschreibt mich ganz gut:
Ich bin hier und da, aber nirgendwo richtig.

Hier bin ich jetzt nur,
weil ich Rachelles »Begleitperson« bin,
das Beta zu ihrem Alpha.
Das ist unsere stillschweigende Abmachung;
wenn sie sich dazu herablässt, mich mitzuschleppen,
tu ich ohne Murren
alles, was sie will.
Heute Abend will sie,
dass ich ein paar Fotos fürs Jahrbuch mache,
deshalb habe ich die Kamera dabei.

Als ich sie zu Hause abhole,
ist sie ein bisschen zu stark geschminkt
und trägt ein superkurzes Kleid,
und sie guckt mich an, als wollte sie sagen:
Wenn ich heute Abend keinen Spaß habe,
STERBE ich.
Was beweist, dass sogar Alphas nervös werden
hier und da.

Moe

7. März

An einem Freitagabend zu Hause Tagebuch zu schreiben ist wahrscheinlich nicht, was man von einer wie mir erwartet. Krawallmacher wie ich zertrümmern freitagabends Briefkästen. Kaputte Leute wie ich dröhnen sich freitags abends zu. Harte Mädels wie ich beschäftigen sich freitagabends nicht mit ihren Gefühlen.

Als Noah mir erzählt hat, dass er heute Abend zu Dereks Party geht, war ich ein bisschen – na gut, TOTAL – enttäuscht. Manchmal wünschte ich, ich könnte mich einfach in eine Cheerleaderin verwandeln oder was auch immer ich sein müsste, damit Noah sich mit mir sehen lässt. Aber selbst in meiner Traumwelt sieht die Cheerleader-Uniform unbequem und kratzig aus.

Natürlich kann ich niemandem sagen, dass ich zu Dereks Party will. Und im Vergnügungspark mit Alex und Janet und den Jungs Magic Mushrooms zu werfen klingt einfach langweilig, deswegen bin ich hier.

Marc ist im Avalon, Computerspiele zocken. Und Tante B ist mit ihren Freundinnen aus dem Krankenhaus essen. Ich freue mich für sie, denn sie geht sonst nie aus. Als hätte sie ein zu schlechtes Gewissen oder wäre zu gestresst, um Spaß zu haben. Sie gibt sich solche Mühe, dass es Marc und mir gut geht: Macht uns Frühstück, isst mit uns zu Abend, fragt, wie unser Tag war, wie es in der Schule läuft, und kümmert sich einfach um uns. Sie ist älter, als Mom und Dad waren, und sie findet es verrückt, dass sie jung und verliebt sterben mussten, obwohl sie noch dazu eine Familie hatten, während Tante B Single und viel älter war. Ich weiß, das klingt blöd, aber ich finde, sie sollte versuchen, langsam mal darüber wegzukommen. Versuchen wir schließlich auch. Von daher ist es gut, dass sie mal rauskommt und Spaß hat und Weißwein trinkt oder was auch immer Frauen in ihrem Alter trinken. Vielleicht flirtet sie mit einem netten Vierzigjährigen. Und ich werde die Gelegenheit nutzen und ein entspannendes Schaumbad nehmen und lesen. Wie gesagt, nicht unbedingt, was man von mir erwarten würde, aber alles in allem keine schlechte Art, den Freitagabend zu verbringen, wenn man ihn nicht mit der Person verbringen kann, die man liebt.

Elodie

NORMALER TEENIE

Als Rachelle und ich bei Derek Godfrey sind,
will ich sofort wieder weg.
Ich fühle mich wie ein Freak,
denn welcher normale Teenie
geht nicht gern auf Partys?
Ich bin wohl nicht normal.

Da kommt Brady Finch rein.
Er spielt zwar in einer ganz anderen Liga,
aber es ist immer noch besser,
in einen unerreichbaren Traumtypen verknallt zu sein
als in einen verfügbaren Lahmarsch.
Wenigstens habe ich Ansprüche.

Er geht an mir vorbei,
im Gedränge rempelt er mich an,
und dann dreht er sich um und sagt, *Sorry, Süße.*
Süße?! Brady Finch hat mich gerade *Süße* genannt?
Während ich ihm ganz benommen hinterherstarre,
quatscht mich ein besoffener Typ an,

Was grinst'n so?,
und reicht mir einen Plastikbecher
mit einem rosa Getränk.
Nichts, sage ich und werde rot.
Vielleicht ist mit dir ja mehr los, wenn du betrunken bist,
sagt er und taumelt davon.
Da steht auf einmal Rachelle wieder neben mir und sagt
total mitfühlend,
Der Typ ist ein Arschloch. Wenn du willst, können wir gehen.
Ich empfinde eine plötzliche Zuneigung für sie,
denn auch wenn sie nicht
die allerbeste Freundin der Welt ist,
ist sie im Moment meine einzige.

Ich sag nur noch schnell Tschüss zu Samantha,
sagt sie und zeigt auf eine Gruppe Cheerleader,
und ich sehe zu Brady rüber,
der jetzt von lauter Leuten umringt ist.
Ich gehe raus
und atme in tiefen Zügen die Nachtluft ein,
als könnte sie mich glücklich
und betrunken machen
und mich vergessen lassen,
wo ich bin
oder wer ich bin
oder wie mies ich
im Normal-Sein bin.

Tabitha

DEREKS PARTY

Derek wohnt oben in den Westridge Estates in einem großen Haus mit Billardtisch, den sein geschiedener Vater ihm gekauft hat. Dereks Vater selbst ist immer mit jüngeren, noch zu beeindruckenden Frauen irgendwo außerhalb der Stadt unterwegs.

Als ich ankomme, werde ich vom Anblick einer hackedichten Jenny Heder begrüßt, die mit Serena Bell zu einem Lied von Kanye rappt, das aus dem riesigen Lautsprechersystem wummert. Schon lustig, wie Hip-Hop zur Stimme weißer Mädchen in reichen Vororten geworden ist. Dereks Vater arbeitet bei Adidas, weswegen er Single *und* reich ist, also hat er das Haus mit Lautsprechern und allem Möglichen ausgestattet; im verzweifelten Bemühen, von seinem Sohn geliebt zu werden, erlaubt er ihm, Partys zu schmeißen, wenn er nicht da ist. Zusammen mit Jason Baines, dessen älterer Bruder ihm Alkohol in Massen besorgt: die perfekte Kombination.

Ich gehe kurz in die Küche, um mir von Patrick Cushman, der sich anscheinend selbst zum Barkeeper ernannt hat, einen extrem miesen Erdbeer-Daiquiri zu holen.

»Nach einem besonderen Rezept für Teenies, die schnell betrunken werden wollen«, sagt er.

»Wieso bist eigentlich ausgerechnet du für die Cocktails zuständig?«

»Ist das nicht egal?«

Ich zucke mit den Schultern. Patrick ist einer dieser Typen, die zu keiner speziellen Gruppe gehören; er lässt sich einfach überall mittreiben – mit den Tennisspielern, den Superschlauen, den Bandleuten, den Skatern – und manchmal hängt er sogar mit Bradys Lacrosse-Freunden ab. Wahrscheinlich ist er einfach unsicher und kann sich nicht entscheiden, wer er ist. Wir hatten in der Neunten zusammen Sport. Einmal hat mich irgendein Arschloch beim Völkerball richtig übel umgerannt, und Patrick ist mit mir zum Krankenzimmer gegangen, um mir ein Kühlpad für den Arm zu holen. Er hatte es offensichtlich auf mich abgesehen, aber trotzdem war es nicht schlecht, Begleitung zu haben.

Ich nehme einen großen Schluck Daiquiri. Er ist stark und süß und sauer. Der Geschmack zieht mir den Mund zusammen.

»Du willst wohl echt betrunken werden, was?«, fragt er.

»Geht dich nichts an.« Ich werfe ihm einen finsteren Blick zu.

»O-kay. Sorry«, sagt er verdattert.

»Schon gut.« Ich brauche sein Mitleid nicht. Ich lasse ihn stehen und gehe ins Wohnzimmer. Auf dem Weg nehme ich noch einen Schluck Daiquiri. Auch wenn es nervig ist, mit Patrick Cushman zu reden, ich muss zugeben, dass er einen verdammt leckeren miesen Erdbeer-Daiquiri macht.

»Hey, Tabs«, sagt Brady und grinst mich an, während ich alle begrüße. Taryn ist so damit beschäftigt, irgendwem zu texten, dass sie mich gar nicht bemerkt.

Brady legt mir einen Arm um die Taille und zwickt mich in die Stelle, wo sich ein winziges bisschen Fett über den Hosenbund wölbt. Ich habe Größe S, aber das ist ganz klar seine Art, mir mitzuteilen, dass ich zu dick bin. Manchmal hab ich das Gefühl, Jungs hassen Mädchen einfach, so oft wie sie uns gegenüber fiese Sprüche machen, damit wir uns selbst hassen.

Am liebsten würde ich ihn schlagen, doch stattdessen drehe ich mich zu ihm um und drücke ihm einen Kuss auf den perfekten Mund. So macht es Mom auch immer mit meinem Dad, wenn er sich wie ein Arschloch benimmt. Sie versucht, ihn durch Zuneigung in bessere Laune zu versetzen. Manchmal klappt es sogar.

»Wo warst du vorhin?«, fragt Taryn, als sie von ihrem Handy aufsieht.

»Bin mit dem Taxi nach Hause«, sage ich schulterzuckend.

»Du hättest uns mal texten können. Wir haben zwanzig Minuten bei Yopop auf dich gewartet«, nörgelt sie.

»Als müsste ich ständig allen mitteilen, wo ich gerade bin«, fahre ich sie an. Ich werfe Kayla einen Blick zu und forme mit den Lippen *Bauchkrämpfe.* Bei Kayla funktioniert jede Entschuldigung, die irgendwas mit Menstruation zu tun hat. Sie hat ihre erst sehr spät bekommen – sie war vierzehn, was ja praktisch schon in der Menopause ist – und sie liebt Geschichten über den Irrsinn der Periode. Ihre Lieblingsgeschichte ist die vom ersten Versuch ihrer Cousine, eine Binde zu tragen. Sie hat an Weihnachten mitten auf einer Familienfeier ihre Tage bekommen und irgendwer hat ihr eine Binde gegeben. Als sie wieder aus dem Bad kam, sah sie ziemlich unglücklich aus.

»Was ist denn los?«, hat Kayla ihre Cousine gefragt, als sie zu ihr rübergewatschelt kam, als hätte sie eine Windel voller Feuerameisen um. Ihre Cousine zeigte sich auf den Schritt und flüsterte: »Mit der Klebeseite nach oben, oder?«

Brady nimmt den Arm von meiner Taille. »Wir wollen gleich weiter zu Jason. Kommst du mit?«

Ich starre ihn an. »Ich bin doch gerade erst gekommen.«

»Na und?«

»Und ich hab noch nicht mal ausgetrunken.« Zum Beweis halte ich meinen Daiquiri hoch, dann sehe ich auf seinen perfekten Mund, und wieder habe ich das Bedürfnis, ihn zu schlagen.

»Na und? Du kannst doch im Auto weitertrinken.«

Wie habe ich es nur geschafft, mir so einen Freund zu angeln? Einen Freund, dessen Talente sich darauf beschränken, Tore beim Lacrosse zu machen, mein Körperfett zu überwachen und ein Wichser zu sein. Er weiß, dass ich Jason Baines nicht ausstehen kann. Ich habe es ihm tausend Mal gesagt. Ich kann weder diesen noch sonst irgendeinen Jason ausstehen. »Jason« ist die generelle Bezeichnung für Arschlöcher. Ich habe noch nie einen Jason kennengelernt, der kein Arschloch war. Und dieses spezielle Exemplar – mit seinem Sportkomplex und seiner selbstsüchtigen, intelligenzverminderten Freundin Dakota – ist eindeutig *nicht* cool. Ich sehe den weiteren Verlauf des Abends schon vor mir, so wie jeder Abend mit Jason verläuft: Brady und Jason bleiben bis vier Uhr morgens auf, werden immer betrunkener und alberner, und ich sitze da und rede mit Dakota. Die im Übrigen dafür bekannt ist, dass sie, wenn sie besoffen ist, mit rassistischen Beleidigungen um sich schmeißt. Manchmal würde ich sie am liebsten mitten in der Nacht irgendwo in einem White-Trash-Viertel aussetzen, damit sie mal sieht, wie weit sie mit ihrer großen Klappe kommt.

Brady weiß ganz genau, wie ich zu alldem stehe, aber indem er es vor zehn anderen Leuten anspricht, zwingt er mich mitzukommen – wenn ich Nein sage, komme ich rüber wie eine Zicke. Und er ist dabei, diesen Kampf zu gewinnen. Ich stürze meinen Daiquiri herunter.

»Kann ich mal kurz mit dir allein reden?«, frage ich und werfe ihm ein falsches Lächeln zu.

»Wir können auch unterwegs reden. Oder?« Er grinst die anderen an und dann sieht er wieder zu mir und grinst noch selbstgefälliger.

»Ich komme nicht mit.«

»Ach, echt?«

»Jepp.«

»Typisch«, schnaubt er.

Kayla wirft Noah einen Blick zu. Jason grinst schadenfroh. Dakota guckt gelangweilt.

»Was soll das heißen, *typisch*?«, gebe ich zurück.

»Du machst mal wieder ’nen Aufstand wegen nichts. Typisch.«

»Fick dich«, platze ich heraus.

Die anderen gucken peinlich berührt. Von sämtlichen Leuten auf dieser Party sind Brady Finch und ich die Letzten, die in aller Öffentlichkeit einen Streit austragen sollten. Wir sind die Prinzessin und der Prinz der Highschool, das Traumpaar, das zusammen einfach toll aussieht und unsterblich ineinander verliebt ist.

»Vielleicht solltest du mal diesen riesigen Stock aus deinem Arsch ziehen«, sagt er.

Brady und Jason und Noah lachen. Kayla sieht weg. Plötzlich will ich ihn nicht mehr schlagen. Ich will nur noch weglaufen. Denn auf einmal wird mir klar: Das ist es, was mit Prinzessinnen im echten Leben passiert. Sie werden nicht von Prinzen wach geküsst. Sie bekommen nicht die Schlüssel zum Königreich übergeben. Sie leben nicht glücklich bis ans Ende ihrer Tage. Im echten Leben werden sie öffentlich erniedrigt; sie werden aus ihrem Turm geworfen. Eins hat man dir als kleines Mädchen nämlich nicht erzählt: Insgeheim hassen alle die Prinzessin. Alle wollen sie scheitern sehen.

Mir ist schlecht und ich drehe mich um und haue ab, dränge mich durch die Menge wie ein neu gekrönter Paria. Als ich es schließlich zur Haustür geschafft habe, kämpfe ich gegen das überwältigende Gefühl an, dass ich auf mich allein gestellt bin, wenn ich jetzt gehe, und zwar für immer.

Elodie

AUF DER VERANDA

Ich stehe auf der Veranda,
in der Hand den Drink,
den der betrunkene Typ mir gegeben hat,
als jemand in mich hineinläuft.
Mein Becher fliegt durch die Luft.
Hinter mir Tabitha Foster,
von ihrem weißen Shirt tropft es rosa.
Sie ist schön und gemein,
ihre Haare wie Honig, und sie ist allein.
Sie ist ganz anders als du und ganz anders als ich.
Von allen Stars aller Schulen, auf denen ich war,
ist Tabitha Foster
das Nonplusultra.
Sie sieht aus, als träte sie
aus einem Film
oder einem Traum
oder einer Geschichte
mit einem Happy End
– nur, dass diese hier
offensichtlich keins hat.

Tabitha

TASCHENTUCH

»Scheiße!«, brülle ich.

Ich triefe vor Daiquiri, den mir ein entfernt bekannt vorkommendes Mädchen über die Brust geschüttet hat. Sie ist schlank, hat wellige braune Haare, trägt Jeans und einen fliederfarbenen Pulli. Im Grunde sieht sie aus wie jedes andere Mädchen an der LO-Highschool: langweilig und total normal.

»Oh! Ist alles okay?«, fragt sie geknickt und wischt mir über mein enges weißes Vanessa-Bruno-Shirt. Ich habe es erst vor sechs Tagen mitgehen lassen und trage es gerade zum ersten Mal. Jetzt ist es mit klebrigem rosa Zeug eingesaut. Danke, blöde Kuh.

Da höre ich jemanden gackern, und als ich zurück zum Haus sehe, glotzen Brady und Jason mich an. Dakota hat die Hand überm Mund. Die Wut durchfährt mich wie ein Blitz.

Ich drehe mich wieder um und fauche das Mädchen an: »Warum passt du nicht auf, wo du hinlatschst?!«

»Tut mir leid«, stammelt sie. »Ich weiß, die Leute sagen ständig, dass ihnen irgendwas leidtut, ohne dass sie es wirklich meinen, aber so bin ich nicht. Obwohl – ich glaube, es gibt auch Leute, die sich überhaupt nicht entschuldigen, da ist es vielleicht besser, zu denen zu gehören, die sich wenigstens entschuldigen, ohne es ehrlich zu meinen …«

Ich starre sie an. Ernsthaft? Will sie mich wirklich auf Derek Godfreys Veranda mit einer wilden Theorie über Entschuldigungen volltexten?

Das Mädchen wühlt in ihrer Jackentasche und dann sagt sie: »Hier. Nimm das.«

Sie hält mir ein kleines, gefaltetes Stück Stoff hin. Es ist gelb und mit Spitzen versehen. Ich reiße es ihr aus der Hand und wische damit über mein Shirt.

»Hast du das immer dabei, falls du mal wieder irgendwelchen Mist über irgendwem auskippst?«, fahre ich sie an. Dann merke ich, wie fies ich klinge. Kann ja die blöde Kuh nichts dafür, dass ich schlechte Laune hab. Ich verfluche den Sicherheitsmann bei Nordstrom und Jean mit ihrem unterentwickelten Selbstbewusstsein und mein nasses Shirt und Brady Finch und mein ganzes Leben, und dann hole ich tief Luft. »Tut mir leid«, murmele ich.

Das Mädchen sieht mich kurz an und sagt: »Siehst du? Du hast es gerade getan.«

»Was?«

»Dich entschuldigt, ohne es wirklich so zu meinen«, sagt sie. Sie nimmt mir das gelbe Taschentuch aus der Hand, geht die Einfahrt runter und verschwindet in der Nacht.

Elodie

BLÄTTER & ZWEIGE

Auf dem Weg zu Rachelles Haus
nehme ich eine Abkürzung durch einen Garten
voller gerade erblühender Frühlingsblumen.
Es fängt an zu regnen
und in meinem Rücken
wummert Eminems »Not Afraid«.
Ich hatte schon immer einen guten Orientierungssinn.
Mom hat gesagt, das ist eine der Gaben,
die ich von Dad geerbt hab und nicht von ihr.
Sie hat immer davon geredet,
wie ähnlich wir uns seien,
wahrscheinlich, weil sie wusste, dass es nicht stimmt.
Wie sollten wir auch?
Dad ist auf strategisches Planen spezialisiert,
und ich habe gerade nicht so strategisch
eins der beliebtesten Mädchen der Schule beleidigt.

Ich rufe Rachelle an, und als sie rangeht,
klingt sie, als würde sie Achterbahn fahren.
Ich glaub, ich bleibe noch 'ne Weile!, ruft sie.
Ich dachte, du fändest die Party blöd.
Sie hält das Mikrofon kurz zu,
dann sagt sie, *ChbiniermitDassinDiejas!*
Was?, frage ich, und sie flüstert,
Ich bin hier mit Dustin Diaz!
Wer ist das?, frage ich.
Warte – er geht runter! Ich ruf dich morgen an …

Und damit legt sie auf.
Es regnet immer stärker
und ich stelle mich unter eine große Ulme,
die bestimmt schon die letzten fünfzig Jahre
Schatten und Sauerstoff gespendet hat.
Die Sache mit Freundinnen,
die du erst seit vier Monaten kennst,
ist, dass sie nicht für dich da sind
und schützend ihre Zweige über dir ausbreiten
und Kohlenstoffdioxid für dich fotosynthetisieren;
sie schützen dich nicht mit ihren Blättern vor der Sonne
und schirmen dich vorm Regen ab;
sie lassen dich links liegen
wegen eines Typen, den sie kaum kennen,
während du dastehst und immer nasser
und nasser wirst.

Moe

8. März, 4:22 Uhr!!

Ich bin davon aufgewacht, dass Noah an mein Fenster geklopft hat. Er sagte, er ist von der Party abgehauen, »weil es ohne dich langweilig war«. Ich dachte, das sagt er nur, weil er betrunken ist und ein bisschen rummachen will, bevor er einschläft, aber dann hat er mir tatsächlich von seinem Abend erzählt. Er hat erzählt, was für ein Arschloch Brady Finch ist und dass er mal grundlos in Patrick Cushmans Spind gepinkelt hat. Er hat gesagt, Patrick ist echt in Ordnung und hat noch nie irgendwem gegenüber irgendwas Arschiges getan. Was meine Vermutung bestätigt, dass ich mit dieser Art von Leuten nicht befreundet sein will. Vorausgesetzt, sie würden überhaupt mit mir reden. Obwohl meine Freunde vielleicht genauso schlimm sind, wer weiß. Wahrscheinlich sind wir alle nicht perfekt. Wie auch immer, ich habe die ganze Zeit darauf gewartet, dass er sich zu mir rüberbeugt, um mich zu küssen, aber stattdessen haben wir geredet, bis er mitten im Satz eingenickt ist, und ich schreibe das hier, während er neben mir schläft. Er schnarcht ein bisschen, was irgendwie süß ist.

Elodie

BREI

Ich hasse Frühstück.
Besonders, wenn es Haferbrei gibt, und besonders,
wenn ich mir Jennas Bericht
von ihrem Abend bei Stegemans anhören muss:
Wie nett alle waren
und wie sie sich amüsiert haben
und was für eine tolle Gegend das hier ist
und wie froh sie ist, dass wir hergezogen sind.
Die anderen Eltern haben erzählt,
ihr Kinder hattet gestern eine Party,
sagt sie ganz schüchtern. *Warst du auch da?*
Ich schaufele mir einen Löffel nasse Haferflocken
in den Mund und brumme irgendwas.
Grinsend sieht sie meinen Dad an.
Wir werden wohl nicht alle pikanten Details zu hören
bekommen, Ray.
Sie beugt sich zu ihm vor und küsst ihn,
was absolut nichts ist, was ich
um neun Uhr morgens sehen will:
wie mein Dad und meine Stiefmutter rumknutschen.

Zum Glück sagt Dad,
dass er Montag eine große Präsentation hat,
auf die er sich noch vorbereiten muss,
was ich ihm glaube, denn
er ist wirklich kein großer Redner,
trotzdem wünschte ich, er würde jetzt nicht
aufstehen und mich hier allein lassen
mit meinem Brei und den Blaubeeren
und der Sekretärin,
die er geheiratet hat.

Tabitha

ROMANTISCHE GESCHICHTE

Meine Eltern haben sich kennengelernt, als Mom gerade mit dem College fertig war und als Assistentin für eine Inneneinrichtungsfirma in Seattle arbeitete. Ihre Firma sollte eins der Bürogebäude meines Vaters gestalten, ein sechsstöckiges Haus auf der Pike Street. Er war damals ein aufstrebender Architekt, und nach ein paar Wochen des Flirtens fragte er sie, ob sie mit ihm etwas trinken gehen würde. Sie war sich nicht sicher, weil sie immer noch so halb mit ihrem Freund vom College zusammen war, aber sie sagte sich, dass das ja irgendwie zum Job gehörte und ein Drink nicht schaden könnte. Also hat er sie in die Space Needle auf einen Gin Gimlet eingeladen, einen Cocktail, den sie noch nie vorher getrunken hatte. Aus einem wurden zwei, und danach blieben sie zu einem fünfstündigen Abendessen, redeten und lachten und wünschten sich vom Pianisten, der sie entzückend fand, schlimme Siebzigerjahre-Lieder wie den »Piña Colada Song«. Am Ende des Abends fuhr mein Dad sie nach Hause und schüttelte ihr wie ein Gentleman die Hand. Sie dachte, das bedeutete, dass er sie nicht so sehr mochte wie sie ihn oder dass er mit jemand anders zusammen war. Doch er ließ sich weiterhin Ausreden einfallen, bei ihr aufzutauchen, auch wenn seine Arbeit an dem Gebäude so gut wie beendet war. Er behauptete, es sei seine Verantwortung, alles bis ins letzte Detail zu überwachen, und sie hatte nichts dagegen, blieb aber auf Distanz. Am Abend, bevor das Gebäude eröffnet wurde, stießen alle mit Champagner an und er stellte sie seinem Chef als »die Frau, die ich heiraten werde« vor. Sie dachte, er machte Witze, und sagte: »Wir waren doch nur einmal zusammen aus. Wie kannst du so etwas sagen?« Und er antwortete wohl: »Das eine Mal hat vollkommen gereicht«, oder irgendwas Kitschiges in der Art. Aber ich schätze, sie fand es nicht kitschig, denn drei Monate später hat sie ihn geheiratet. Sie waren so verliebt, dass sie acht Monate nach der Hochzeit ein Kind bekamen, und alle, die nicht ganz auf den Kopf gefallen waren, begriffen, dass da entweder ein Rechenfehler vorlag oder bei der Verhütung was schiefgegangen war.

Jetzt, zwei Jahrzehnte später, arbeitet mein Dad im Esszimmer, während Mom mit meinem älteren Bruder Jake telefoniert, der auf die University of Michigan geht. Ich sitze auf dem Sofa, gucke einen langweiligen Film auf TNT und höre Mom über Jakes dumme Witze lachen. So wie sie früher über die von Dad gelacht hat, was total Sinn ergibt, schließlich ist Jake praktisch ein Klon von Dad.

»Gib ihn mir mal«, ruft Dad, und widerwillig geht meine Mutter ins Esszimmer, um ihm das Telefon zu geben. »Ich liebe dich, Jake«, sagt sie, und einen Augenblick bin ich verwirrt, denn Dads Vorname ist Jacob und früher hat Mom ihn »Jake« genannt und meinen Bruder »Jakey«. Kurz denke ich also, sie hätte zu meinem Dad »Ich liebe dich« gesagt. Was absolut seltsam wäre.

»Hey, Kumpel«, sagt Dad und verfällt mit ihm in Bro Code, während Mom die Treppe hinauf verschwindet. Männer reden manchmal mit diesen verstellten Stimmen miteinander, als wären sie Androide ohne Gefühle oder Emotionen, und sagen solche Wörter wie *Kumpel* und *Buddy.*

Da bekomme ich eine SMS von Taryn: WAS WAR DENN GESTERN ABEND MIT DIR LOS?

Ich schreibe zurück: ICH WAR GENERVT.

Die Antwort scheint zu genügen und ich gucke weiter meinen Film. Es ist ein alter Sandra-Bullock-Film, einer, in dem sie im Internet ihren Traumtypen kennenlernt und sich in ihn verliebt, aber dann stellt sich heraus, dass er ein totales Arschloch ist, und er ruiniert ihr Leben. Ich frage mich, ob Mom den schon gesehen hat.

Moe

8. März, 9:32 Uhr

Ich bin wirklich froh, dass Tante B heute Morgen nicht wie sonst in mein Zimmer gekommen ist, um mich zu wecken. Sie wäre ziemlich sauer gewesen, wenn sie Noah Simos in meinem Bett entdeckt hätte.

Das war ganz schön seltsam, aufzuwachen und ihm direkt in die Augen zu sehen. Er hat mir zum Abschied noch einen Kuss gegeben, was schön war, aber ich wünschte, ich hätte mir vorher die Zähne putzen können. Und auch wenn ich es ätzend finde, dass er mich manchmal total ignoriert – wenn wir zusammen Zeit verbringen, ist er so süß, dass ich alles andere fast vergesse.

Als er Tante B gehört hat, ist er aus dem Fenster geklettert, und sie hat nichts gemerkt. Beim Frühstück habe ich mit den Spiegeleiern und dem Frühstücksspeck auf meinem Teller einen Smiley gelegt, der aussah wie Noah, aber dann ist Marc an mir vorbeigegangen und hat ihn mit seiner Gabel zerstört, und ich musste ihn boxen. Tante B hat mich angebrüllt, was okay war, denn ich hatte so gute Laune, dass ich mich sofort entschuldigt und ihr gesagt habe, was für eine äußerst kluge Frau sie ist. Also ist sie beschwingt und mit dem Gefühl, ich würde sie respektieren, zur Arbeit gegangen, was doch wohl die beste Art ist, in den Tag zu starten.

Elodie

GEKLAUTE WARE

In der Haarpflege-Abteilung von Fred Meyer
ist ein Typ,
der mich ansieht, als wüsste er,
was für ein Mensch ich bin.
Dann wird mir klar, ich bin paranoid.
Weder er noch irgendwer anders
kann auch nur erahnen,
dass ich drei Lipgloss,
einen *Hello Kitty*-Wecker,
eine Tüte rote Lakritze,
eine Packung Kondome (damit ich mir die mal genauer angucken kann)
und eine Packung Stifte
in der Tasche habe.
Zur Krönung des Ganzen
nehme ich noch eine Glitzerhaarspange,
die Rachelle gefallen könnte.
Kleine Geschenke erhalten die Freundschaft.
Zum Glück weiß Rachelle,
dass meine Eltern genug Geld haben,

und wird nie auf die Idee kommen, dass ihre Geschenke
geklaut sind.
Aber wenn sie selbst klauen würde,
wüsste sie, dass ein geklautes Geschenk
viel mehr wert ist als ein gekauftes,
wegen all dem,
was du beim Klauen durchstehen musstest.

ZUR TÜR RAUS

Ich gehe zur Tür raus,
an dem Typen vorbei, der für irgendeinen wohltätigen
Zweck Geld sammelt,
gebe ihm einen Dollar
und schenke ihm ein artiges Lächeln,
und dann spüre ich
die Hand
auf meiner Schulter.
Komm mal schön wieder mit rein.
Ich drehe mich um und sehe den unheimlichen Typen
aus der Haarpflege-Abteilung
und neben ihm die nette alte Frau
von den Süßwaren.
Wieso?, frage ich.
Und die nette alte Frau sagt,
Wir müssen in deine Tasche schauen.
Einen absurden Moment lang
bin ich froh,
dass endlich mal jemand durchschaut,
dass ich nicht nur artig bin
oder ein dummes Mauerblümchen,
das darauf wartet zu erblühen.
Die beiden wissen, dass ich gefährlich bin.
Komm, Mädchen, sagt der Haarpflege-Typ,
und ich halte die Hand hoch,
wie um zu sagen *Einen Moment*,
und dann drehe ich mich um
und kotze auf den Bürgersteig.

GOOD COP, BAD COP

Im Lager von Fred Meyer
muss ich vor meinen geklauten Sachen posieren,
wie beim Foto vom Spring Fling,
nur dass ich keine Hälfte eines Paares bin,
das vor einer kitschigen Skyline posiert,
sondern Kondome, einen Wecker und Lakritze
hinter mir liegen habe.

Der Haarpflege-Typ findet das Ganze witzig.
Süßigkeiten und Sex – genau meine Laster,
sagt er grinsend.
Uäh.
Die nette alte Frau lacht nicht.
Weil sie den Bad Cop spielt.
Sie zeigt noch nicht mal Reue, sagt sie
und sieht mich an.
Jetzt wäre vielleicht ein guter Moment, traurig zu tun,
also denke ich an Weihnachten vor zwei Jahren,
als Dad mir, nachdem Mom gestorben war,
einen Hund geschenkt hatte:
einen Sheltie aus dem Tierheim,
der sonst eingeschläfert worden wär.

Ich nannte ihn Rufus
und schlief einen ganzen Monat lang jede Nacht mit ihm zusammen ein,
bis mein Vater eines Tages sagte,
dass er nach Chicago versetzt wird,

und in der neuen Wohnung
keine Hunde erlaubt sind.

Ich denke an den Tag, als wir Rufus
bei einer neuen Familie abgaben,
und an seinen Blick damals
und seine weichen Ohren und braunen Augen,
und da kommen die Tränen,
im Lager des Drogeriemarkts,
während der Bad Cop meinen Vater anruft.
Und ich heule vor meinem ganzen geklauten Kram,
denn du weißt nie, wie sehr du die Dinge liebst,
bis man sie dir nimmt
und klar ist, dass du sie nicht mehr zurückbekommst.

MEDITATION

An meiner alten Schule war eine Hippie-Lehrerin,
die jeden Morgen meditierte,
und sie sagte, wenn man neu damit anfängt,
hört man plötzlich lauter Geräusche,
die man vorher nie gehört hat,
wie die Klimaanlage
oder die streitenden Nachbarn
oder ein Flugzeug.
Als wäre man superkonzentriert auf alles,
weil man versucht, sich auf gar nichts zu konzentrieren.

Genau wie jetzt,
als mich Dad von Fred Meyer abgeholt hat und nach
Hause fährt.
Dank seiner großartigen Verhandlungskünste
wurde nicht die Polizei gerufen
und ich darf stattdessen zur Gruppentherapie.
Ich würde gern Danke sagen,
aber ich brauche meine ganze Konzentration,
um zu atmen
und das ohrenbetäubende Geräusch
seines enttäuschten Schweigens auszublenden.

Teil drei

»Ich bin nur eine Zahl in einer Statistik mit dem üblichen Satz an klischeehaften Motiven.«

Elodie

DAS ERSTE MAL

Das erste Mal habe ich aus Versehen geklaut.
Ich bin aus dem Laden spaziert,
mit einer Packung Kaubonbons in der Hand,
für die ich total vergessen hatte zu bezahlen.
Meine Mom war schon seit Monaten krank
und an dem Tag nicht gut drauf.
Ich hätte wieder reingehen können,
aber ich fand,
ich hatte etwas Süßes verdient, ein Geschenk,
etwas, das gut schmeckt,
denn wenn es Mächte gibt,
die dir einfach zufällig Leute wegnehmen,
dann sollte es auch Mächte geben,
die dir zufällig umsonst was schenken.

WILLKOMMEN BEI DER KLEPTO-SELBSTHILFEGRUPPE

Eine Frau mit grauen fliegenden Haaren verkündet:
Willkommen bei der Kleptomanie-Selbsthilfegruppe.
Wir haben heute ein paar Neue,
also entschuldigt, wenn ihr das hier schon kennt.
Ich bin Shawn –
Und alle rufen so laut *Hi, Shawn!*,
dass ich vor Schreck fast vom Stuhl falle.
Shawn lächelt und sagt voller Stolz,
Ich bin Kleptomanin.
Außerdem bin ich co-abhängig und meine Eltern sind Alkoholiker,
aber das ist eine andere Geschichte.
Sie macht eine Pause für die Lacher,
aber es gibt keine.
Für euch Neue erzähle ich meine Geschichte
noch mal von Anfang an ...

Sie will gerade loslegen, da
kommt noch ein Mädchen rein;
sie sieht aus, als würde sie am liebsten sterben
oder, noch schlimmer,
als hätte sie was geklaut
und wäre dabei erwischt worden:
Tabitha Foster.

Tabitha

AM TIEFPUNKT

Wie um alles in der Welt bin ich nur mit einem Haufen Loser im Keller der Saint Michael's Church gelandet? Vielen Dank auch, Familienfreund Jeffrey, dass du meinst, dieses Höllenloch wäre meine Rettung.

»Komm rein und setz dich«, sagt die Frau mit dem krausen Pony ganz vorne. »Ich bin Shawn. Und du bist?«

Großartig. Wie bei den Anonymen Alkoholikern.

»Tabitha«, murmele ich, lasse mich auf einen Stuhl in der letzten Reihe fallen und versuche, mich unsichtbar zu machen. Auf einem ausgefransten, schmuddeligen braunen Teppich stehen Tische, an denen ein paar Dutzend Frauen zwischen dreißig und fünfzig und ein richtig alter Mann sitzen. Ich hätte nicht gedacht, dass irgendwer hier in meinem Alter ist, aber ein paar Plätze weiter sitzt ein Mädchen mit lila Kampfstiefeln und kirschroten Haaren, die sie offensichtlich selbst gefärbt hat. Shawn nennt sie »Maureen«, und das Mädchen blickt auf. »Moe. Schon vergessen?«

Auf ihrem Arm steht was mit schwarzem Marker. Wahrscheinlich eine Erinnerung, Drogen zu nehmen oder jemanden zusammenzuschlagen.

Das andere Mädchen in meinem Alter sitzt relativ weit vorn. Als Shawn sie bittet, sich vorzustellen, sagt sie: »Ich bin Elodie«, und als sie den Kopf dreht, sehe ich ihre kleine Skisprungschanzen-Nase und die lockigen braunen Haare, und da erkenne ich sie als das Mädchen, das mir auf Dereks Party den Daiquiri übergekippt hat. Was für ein krasser Zufall ist das denn?! Als sie sich runterbeugt, um was aus ihrer Kuriertasche zu nehmen, sehe ich die Kamera darin. *Daher* kenne ich sie. Sie ist in der Jahrbuch-AG. Vor ein paar Monaten hat sie Brady und mich fotografiert. Er hatte irgendeinen Spruch gemacht, von wegen, dass das Foto auf jeder Seite des Jahrbuchs erscheinen sollte.

»Kannst du da vielleicht was machen?«, hatte er sie gefragt. So rot, wie sie wurde, ist sie eindeutig eins von den Dutzenden von Mädchen an der LO-Highschool, die alles dafür geben würden, mit ihm zusammen zu sein. Und wer würde das nicht? Er ist wirklich hot. Und groß. Und quasi berühmt. Ich kann mich wirklich glücklich schätzen. Und jetzt darf ich hier hinter einem seiner Groupies sitzen. Und draußen wartet ein gruseliger Obdachloser darauf, dass ich wieder rauskomme, damit er mich volltexten kann, wie skandinavisch ich doch aussehe. Da denkt man, am Tiefpunkt angekommen zu sein, und es geht doch immer noch tiefer.

Moe

16. März

Einmal habe ich meine Lehrerin aus der Fünften, Miss Dobson, im Supermarkt getroffen, als sie sich Vaginalduschlösung gekauft hat. Ich habe sie gesehen und sie hat mich gesehen und ich hab so getan, als hätte ich ihren Intimhygieneartikel nicht bemerkt. Aber der Schock damals ist nichts gegen den, heute bei der Selbsthilfegruppe Tabitha Foster und so ein nach Political Correctness aussehendes Mädel von der LO-Highschool zu sehen. Keine Ahnung, was mit Miss PC los ist, aber Tabitha Foster hat doch so ziemlich alles: Geld, lauter beste Freundinnen, einen tollen Freund, der sie vergöttert, und sie ist beliebt. Warum sollte ausgerechnet sie klauen?

Bisher ist die interessanteste Person im Kurs Gina. Sie ist die unglücklichste Hausfrau der Welt und steht total drauf, über ihre persönlichen Angelegenheiten zu reden. Sie hat drei Kinder und ihr Mann arbeitet die ganze Zeit und hat wahrscheinlich eine Andere. Ich an ihrer Stelle würde auch klauen. Heute hat sie von ihrer Besessenheit, Strumpfhosen zu klauen, erzählt. Sie hat inzwischen mehr Strumpfhosen zu Hause, als sie jemals brauchen wird, aber sie kann nicht damit aufhören – sie fühlt sich einfach besser dadurch, so viel Auswahl zu haben. Ich habe mir mit Marker »Strumpfhosen« auf die Hand geschrieben, so langweilig war mir. Doch seit ich von dem ganzen Zeug gehört habe, das Tabitha Foster so klaut, bin ich hellwach. Ich hoffe, sie packt wie Gina auch noch ihre ganzen persönlichen Angelegenheiten aus, damit ich später über sie herziehen kann.

Elodie

SOZIALSTRUKTUR

Moes richtiger Name ist Maureen Truax.
Das weiß ich, weil Rachelle letzte Woche wollte,
dass ich Moe und ihre Freunde
fürs Jahrbuch fotografiere,
damit wir »die gesamte Sozialstruktur der LO-High-
school repräsentieren«.
Sie saßen unter der Tribüne und kifften
und sagten, ich soll mich »verpissen«,
und weg war ich.
Ich kann nicht glauben,
dass ich jetzt mit ihr und Tabitha Foster –
zwei Menschen,
die unterschiedlicher nicht sein
könnten –
im selben Raum bin.
Wenn hier die Sozialstruktur nicht gerade optimal
repräsentiert ist,
dann weiß ich auch nicht.

Tabitha

SEID IHR DABEI, LEUTE?

»Die Euphorie, die wir beim Diebstahl verspüren, ist dieselbe, die Drogenabhängige beim Konsum der Droge empfinden. Unsere Gründe zu stehlen können aber ganz andere sein«, sagt Shawn und wedelt eine Fliege weg, die hungrig um ihren krausen Pony kreist. »Für manche von uns ist das Stehlen durch Verlust motiviert. Den Verlust einer Person oder eines Jobs. Wir spüren eine Leere in uns, und durchs Klauen können wir sie füllen. Für andere ist Diebstahl ein Akt der Rebellion gegen eine unkontrollierbare Welt.«

Während sie weiter eintönig vor sich hin redet, sehe ich auf das in meinen Tisch geritzte Herz mit den Initialen *BW* neben den Herzen mit *KL* und *MK*. Anscheinend haben schon eine Menge Leute vor mir an diesem Tisch gesessen, und ich bin nur eine Zahl in einer Statistik mit dem üblichen Satz an klischeehaften Motiven. »Manche von uns stehlen aus Rache dafür, wie viel wir anderen geben und wie wenig wir von ihnen zurückbekommen«, fährt Shawn fort. »Und für manche von uns bietet Diebstahl Erleichterung bei Ängsten, Niedergeschlagenheit oder Depressionen.«

Eine von den Desperate Housewives meldet sich.

»Ja, Gina?«

»Woher weiß man, dass man Depressionen hat?«

»Äh, wenn man in Hillsboro wohnt und nichts Besseres zu tun hat, als Strumpfhosen zu klauen?«, sagt Moe.

Shawn wirft ihr einen strengen Blick zu, dann wendet sie sich an Gina. »Depressionen sind ziemlich verbreitet, und es gibt eine Menge Möglichkeiten, sie zu erkennen und zu behandeln. Wir können gern nachher noch unter vier Augen darüber sprechen, wenn du magst, oder ich empfehle dir eine Therapeutin.«

Gina nickt und sieht noch deprimierter aus.

»Also, zurück zum Thema. Wer von euch weiß, wie viel Prozent der Bevölkerung Ladendiebstähle begehen?« Niemand meldet sich. »Zehn Prozent. Und jedes Jahr werden es mehr. Daher möchte ich euch alle dafür loben, dass ihr hier seid und so mutig eure Abhängigkeit angeht. Stoppen wir den Trend! Seid ihr dabei, Leute?« Sie reckt die geballte Faust in die Luft.

Scheiße, ich hab das Gefühl, ich bin in einer Doku-Soap gefangen.

Moe

20. März

Ich glaube ja, die meisten dieser Idioten kommen nur zu den Gruppentreffen, um sich endlich mal auszukotzen, Mitleid zu heischen oder auf dem Weg nach draußen einen Keks umsonst zu bekommen. Wobei manche der Geschichten ja durchaus amüsant und lehrreich sind. Die ersten paar Wochen hat Shawn bestimmt gedacht, ich würde immer so eifrig mitschreiben, weil ich mich bessern will, aber in Wirklichkeit habe ich mir die goldenen Regeln des Klauens notiert. Wie »Lass dir nichts anmerken« oder »Klau niemals bei Leuten, die du kennst« oder »Klau nur bei Ketten« oder »Klau, wenn möglich, Käse«. Diese Dinge werden mir später im Leben sicher noch nützlich sein, wenn ich erst mal ein ehrliches Mitglied der Gesellschaft bin und ein Vorbild für Menschen überall auf der Welt.

Elodie

MONTAGUES UND CAPULETS

Ms Hoberman liebt *Romeo und Julia.*
Um uns auf die Aufführung vorzubereiten,
hat sie ihrer niemals endenden Sammlung von
Shakespeare-Krimskrams auf ihrem Tisch
die Wappen der Montagues und Capulets hinzugefügt.
Sie wird für ihre Shakespeare-Leidenschaft ausgelacht,
wahrscheinlich genauso,
wie sich die Studierenden meiner Mom
über ihre Film-Leidenschaft lustig gemacht haben,
damals, als sie noch Filmwissenschaften gelehrt hat.
Sie hat mich früher
lauter alte Schwarz-Weiß-Filme gucken lassen,
mit spritzigen Dialogen und Paartanz
und »Meet Cutes«.
Das ist, wenn ein Pärchen
sich auf herzergreifend unerwartete Weise
zum ersten Mal begegnet:
beim Trampen oder bei einem Autounfall,
einem Blind Date oder Vorstellungsgespräch.
Obwohl es in meinem Fall,

als ich Tabitha Foster einen Cocktail übergeschüttet habe
und sie mich daraufhin angeschrien hat,
wohl eher »Meet Ugly« heißen müsste.

Tabitha

DER AUFSATZ, DEN ICH NICHT SCHREIBE

Die letzten fünf Tage seit Dereks Party konnte ich längeren Gesprächen erstaunlich gut aus dem Weg gehen. Jetzt sitze ich in der dritten Stunde in Kreativem Schreiben und kritzele auf meinem Block rum, um niemanden ansehen zu müssen. Trotzdem spüre ich, wie Jason Baines, der ein paar Plätze weiter sitzt, mich angrinst. In Momenten wie diesem wünschte ich, das Leben wäre ein *Final Destination*-Film und der Gärtner draußen hätte eine Kettensäge, die auf einmal durchs Fenster krachen und Jason Baines brutal in zwei Teile sägen würde.

»Bis Mittwoch brauche ich die Unterschriften eurer Eltern für die Aufführung von *Romeo und Julia*«, sagt Ms Hoberman und lenkt mich damit von meinen Gemetzel-Fantasien ab.

Serena Bell guckt zu mir rüber und flüstert Kacey Madigan etwas zu, und ich blicke auf meine Kritzeleien, ein Herz mit einem Messer darin und ein Affengesicht. Ich bin wirklich nicht besonders talentiert.

»Als heutige Schreibaufgabe bitte ich euch, einen kurzen Aufsatz über eure Familie zu schreiben«, fährt Ms Hoberman fort. »Es kann ein Gedicht sein oder Prosa, lustig oder dramatisch – natürlich muss es nicht so dramatisch sein wie bei den

Montagues und den Capulets, aber ich möchte, dass ihr kreativ und ehrlich seid.«

Kreativ und ehrlich über meine Familie zu schreiben klingt nicht gerade nach Spaß. Was gibt es da schon zu erzählen? Dass mein Dad mit anderen Frauen schläft? Oder dass ich ihn einmal bei einem Date mit einer brünetten Frau im Le Bouchon gesehen habe und sie bei Kerzenschein Schnecken gegessen haben? Soll ich schreiben, dass er sie zum Lachen gebracht hat? Dass er, obwohl er Profi darin ist, die Leute dazu zu bringen, sich schlecht zu fühlen, eigentlich ein ziemlich lustiger Typ ist?

Ehrlich gesagt bekomme ich lieber null Punkte, als irgendwas davon zu schreiben. Ich muss mich nicht noch extra mit ihm beschäftigen; ich werde auch so ein paarmal die Woche an ihn erinnert, wenn ich seine Brieftasche auf dem Flur liegen sehe, ein Hallo und Tschüss zugleich.

Tabitha

MITTAGESSEN

Die Sozialstruktur in unserer Schul-Cafeteria ist wie in diesen Teenie-Filmen, wo die Idioten hier sitzen und die Schönen da und die Theater-Leute dort und die Lacrosse-Typen da drüben und so weiter.

»Der Corn Dog ist echt eklig«, sagt Kayla und beißt in das matschige braune Ding.

Allein beim Anblick muss ich würgen. »Ich verstehe nicht, warum du diesen Müll überhaupt isst«, sage ich und öffne meine Packung Möhren mit Hummus.

»Ich will Pizza«, sagt Kayla. »Wann ist endlich mal wieder Pizza-Tag?«

Patrick Cushman bleibt neben unserem Tisch stehen. »Ich hab mir von der Köchin das Rezept geben lassen. Falls du mal selbst Pizza machen willst.«

»Kannst du so was?«, fragt Kayla.

»Krass. Wer kann denn bitte Pizza selber machen?«, fragt Taryn und pickt sich einen Crouton-Krümel vom Ärmel ihres engen roten Shirts, aus dem ihre Brüste fast rausfallen. Manchmal wünschte ich, wir hätten einen Dresscode an der Schule.

»Er anscheinend«, sage ich mit Blick auf Patrick.

Patrick lächelt. »Na ja, empfehlen würde ich es trotzdem nicht. Ohne die Fettlache, die hier immer obendrauf schwimmt, ist es einfach nicht dasselbe.« Er geht weiter zum Tisch mit den Theater-Spinnern. Zumindest glaube ich, dass es die Theater-Spinner sind. Einer von ihnen spielt gerade eine Szene aus *Independence Day* nach. Patrick findet es anscheinend lustig. Am liebsten würde ich ihm sagen, dass man Schwachsinn nicht unterstützen darf, weil das nur noch mehr Schwachsinn nach sich zieht. Da trifft mich eine Fritte am Kopf.

Am anderen Ende des Tischs steht Brady.

»Lust auf Fritten?«, fragt er und grinst mich an. Er setzt sich und greift noch mal nach Jasons Pommes.

»Ey, das sind meine!«, ruft Jason und hält schützend die Hände über seinen Teller. »Du kannst nicht einfach meine Pommes durch die Gegend schmeißen!«

Die letzten zwei Tage konnte ich Brady erfolgreich aus dem Weg gehen, denn er hatte zusätzliches Lacrosse-Training und in der Mittagspause Besprechungen und gestern Abend ein großes Spiel. Sie haben gewonnen und jetzt hat er natürlich eine große Klappe.

»Äh, nein.« Ich beachte ihn nicht weiter und sehe wieder zu Kayla, die ihren Corn Dog zerlegt wie bei einer Autopsie.

»Woraus besteht eigentlich der *Dog* im *Corn*?«, fragt Kayla naserümpfend.

»Versuch lieber nicht, es rauszufinden«, antworte ich. »Du wirst schwer enttäuscht sein.«

Taryn sieht zu Brady rüber. »Ihr Jungs wart ja so toll gestern«, sagt sie mit albernem Lächeln. Ich werfe ihr einen finsteren Blick zu. Will sie jetzt ernsthaft von seinen sportlichen Leistungen schwärmen? Zusammenhalt unter Mädels war einmal.

»Ich hab meinen Glücksbringer vermisst, aber ich bin wohl so toll, dass ich ihn gar nicht brauche.« Er nickt vielsagend in meine Richtung, und ich tue so, als wäre mein Hummus das Interessanteste auf der Welt. Er ist mit rotem Pfeffer. Und Kumin. Und noch einem anderen Gewürz, das schmeckt wie ...

»Darf ich mich zu dir setzen, damit du mir gratulieren kannst und wir über dein scharfes Kleid für den Spring Fling reden können?« Brady genießt es, Jason und seine Freunde und die ganzen anderen Leute am Tisch als Publikum zu haben. Taryn stößt mich mit dem Ellbogen an. Ich seufze. Manchmal ist es einfach leichter, wieder zur Normalität zurückzukehren, als etwas zu ändern.

»Klar«, sage ich achselzuckend.

Brady kommt rüber und knallt sein Tablett mit Diät-Cola und einem großen Salat mit Vinaigrette auf den Tisch. Er isst weder Käse noch Kohlenhydrate und trinkt nie normale Cola. In der Hinsicht ist er wie ein Mädchen.

»Hi, Tabs«, sagt er leise. Schließlich sehe ich ihn an. Er trägt ein blaues T-Shirt, das das Blau seiner Augen perfekt unterstreicht – wie ein wolkenloser Himmel an einem Sommertag.

»Hast du mich vermisst?«, fragt er. Verdammt. Er hat so ein süßes Lächeln.

»Hast du *mich* vermisst?«, gebe ich zurück.

»Wie verrückt«, sagt er und wirft ein Stück saure Gurke nach mir. Ich schleudere sie zurück. Dann wirft Kayla ein Stück Gurke nach Jason, und Taryn klatscht einen Klacks Hummus auf einen armen Streber am Tisch nebenan, und irgendwer pfeffert noch irgendwas anderes durch die Gegend, wie das eben so läuft, wenn man mit etwas anfängt, das unglaublich lustig aussieht. Alle machen mit, aus Angst, sie könnten was verpassen.

Moe

28. März

Tante B nervt mich die ganze Zeit damit, dass ich doch mal Freunde mit nach Hause bringen soll. Ich weiß nicht, warum sie so wild darauf ist. Das letzte Mal, als Alex und Janet hier waren und Alex mir die Haare gefärbt hat, haben wir rotes L'Oréal-Haarfärbemittel auf dem Boden ausgekippt und Tante B war super angepisst. Und sie hat es noch längst nicht vergessen, denn jedes Mal, wenn sie an dem Fleck auf dem Teppich vorbeikommt, murmelt sie: »Verdammtes Färbemittel.« Ich gebe wirklich mein Bestes, sie nicht zu verärgern, aber irgendwie schaffe ich es trotzdem immer. Wenigstens sind meine Haare okay geworden. Auch wenn ich das von dem großen roten Fleck auf dem Wohnzimmerteppich nicht gerade sagen kann.

Wahrscheinlich soll ich nur deshalb Leute mit nach Hause bringen, weil Marc ihr erzählt hat, dass er meine Freunde nicht mag und sie nicht gut für mich wären, und jetzt macht Tante B sich Sorgen, dass ich Drogen nehme oder so, und will mich im Auge behalten. Ich mache mir einen Spaß daraus, mir ständig die Nase zu jucken, wenn sie in der Nähe ist. Gestern habe ich einen aufgerollten Dollarschein mit Puderzucker auf dem Küchentresen liegen gelassen. Sie meinte, ich hielte mich wohl für besonders witzig. Ich würde ihr gern sagen, dass sie mal lockerer werden soll, aber man muss kein Genie sein, um zu wissen, dass so was normalerweise den gegenteiligen Effekt hat. Ich wünschte, sie hätte mehr Humor, und sie wünscht sich wahrscheinlich, ich hätte einen komplett anderen Charakter.

Tabitha

DIE WETTE

»Magst du nachher zu mir kommen zum *Top Model*-Gucken?«, fragt Taryn mich in der sechsten Stunde. Sie liebt Reality-TV. Sie ist durch und durch Generation Kardashian. Bewundernswert, wie die mit ihren Titten und Ärschen und ihrem Aufmerksamkeitsgeheische Geld machen, aber trotzdem muss es doch noch mehr im Leben geben als Parfümmarken und Werbeverträge. So viel Zeit, wie ich auf Taryns Bitten hin schon mit *Top Model* verschwendet habe, schäme ich mich überhaupt nicht dafür, ein oder zwei Parfüms von Khloe oder Kim und eine Jeggings von Kristin Cavallari geklaut zu haben.

Heute geht es aber nicht. Heute muss ich bei der Klepto-Gruppe für meine Sünden Buße tun. Also lüge ich und sage Taryn, dass ich in der Stadt einen Vorbereitungskurs fürs College mache.

»Oje! Tut mir leid«, sagt sie und fragt nicht weiter nach. Wie vermutet.

Als Mom mich absetzt, klaue ich ihr Lemon-Lime-Vitaminwasser und bitte sie, Jeffrey eine E-Mail zu schicken, ob ich den Kurs vielleicht früher beenden kann.

»Warum?«, will sie wissen.

»Weil es nervt und da Leute aus meiner Schule sind, mit denen ich nichts zu tun haben will.«

»Okay«, sagt sie. »Aber bis dahin versuchst du, das Beste draus zu machen, ja?«

Das bedeutet dann wohl, dass sie Jeffrey keine E-Mail schreiben wird.

Ich steige aus und schleiche ins Gebäude, vorbei an den Treffen der Anonymen Alkoholiker, der Angehörigen von Alkoholkranken und der Anonymen Nikotinsüchtigen, runter in den Keller und auf einen Platz in der letzten Reihe, wo ich sofort mein Handy raushole und mich in Facebook vertiefe.

»Hallo, meine Lieben!«

Shawns muntere Stimme reißt mich aus meinem Status-Update.

»Tabitha, schaltest du bitte das Handy aus?«

Ich füge mich und sie erklärt uns unsere »Gruppenpartizipations- und Identifikationsübung«. Um mich noch mehr zu demütigen, steckt sie mich mit Moe und Elodie in eine Gruppe. Betreten ziehen wir unsere Stühle zusammen, als Shawn sagt: »Ach, und Harold, geh du doch auch noch mit dazu.« Ein Typ, der aussieht wie fünfundneunzig, steht langsam auf und fängt an, seinen Stuhl zu uns rüberzuziehen.

»Moe, kannst du Harold bitte helfen?«, ruft Shawn.

Moe nimmt Harold den Stuhl ab, hebt ihn über den Kopf und dann knallt sie ihn mir fast auf den Fuß. Ich werfe ihr einen vernichtenden Blick zu. Sie merkt es noch nicht mal.

»Ich möchte, dass ihr euch reihum darüber austauscht, warum genau ihr hier seid und was ihr daran bereut, erwischt worden zu sein«, erklärt Shawn.

Ich halte den Kopf gesenkt und verfluche mich dafür, dass ich überhaupt jemals so blöd war, den Blog mit dem Maya-Brenner-Armband anzusehen.

Moe räuspert sich. »Ich bereue, dass ich ein Auto aufgebrochen und CDs daraus geklaut hab«, sagt sie und zuckt mit den Schultern. Dann sieht sie Elodie an. »Was hast du geklaut?«

»Sachen von Fred Meyer«, sagt Elodie leise.

»Was für Sachen?«

»Ach ... Lakritze, einen Wecker, Kondome ...«

»Kondome?« Ich verschlucke mich fast an meinem Vitaminwasser.

Moe lacht. »Großartig.«

»Könnte ja sein, dass ich mal welche brauche«, verteidigt sich Elodie.

»Wozu hast *du* Kondome geklaut?«, frage ich neugierig. Das Mädchen strahlt nicht gerade sexuelle Aktivität aus.

»Wahrscheinlich, um Sex zu haben«, sagt Moe. »Wozu sonst?«

»Mit wem?«, gebe ich zurück. Offensichtlich hat *sie* noch nie Kondome geklaut. Auch wenn sie kein bisschen spießig wirkt, aber Mädels, die schon mal Sex hatten, sehen nun mal anders aus. Nicht, dass ich schon wahnsinnig viel Sex gehabt hätte und Expertin wäre. Aber genug, um zu wissen, was mir fehlt und was nicht.

»Hast du einen Freund?«, bohre ich nach.

»Ist eine feste Beziehung etwa Voraussetzung dafür, mit jemandem zu vögeln?«, fragt Moe.

Harold schnarcht, er schläft tief und fest. Gespräche über illegal erworbene Verhütungsmittel interessieren ihn wohl nicht besonders.

»Und was ist mit *dir*?«, fragt Elodie angepisst. »Was hast du geklaut?«

Mist. Genau das wollte ich vermeiden. Dass wildfremde Leute darüber Bescheid wissen. Aber wenigstens habe ich etwas Aufregenderes geklaut als Kondome, die irgendwann in meiner Handtasche zu Staub zerfallen.

»Ein Designer-Armband.«

»Warum klaust du überhaupt? Ich dachte, deine Eltern wären reich«, sagt Moe.

»Geht dich nichts an«, gebe ich zurück.

»Wahrscheinlich hat sie nur vergessen, die schwarze American Express von ihrem Daddy hinzulegen. Oder sie behauptet nur, was Teures geklaut zu haben, um auf cool zu machen.«

Elodie und Moe grinsen sich an, als würden sie sich über mich lustig machen.

»Okay«, sage ich. »Beweisen wir es!«

Moe lacht. »Was meinst du damit?«

»Genau, was ich gesagt habe.« Ich starre sie an.

Elodie sieht zwischen uns hin und her.

»Wir gehen nach dem Kurs klauen. Das Beste, was wir uns trauen«, erkläre ich. »Und dann treffen wir uns bei Pizzicato und vergleichen unsere Ausbeute.«

Harold schnarcht wieder. Diesmal so laut, dass er davon aufwacht.

»Wo bin ich?«, fragt er verwirrt.

»Bei der Kleptomanie-Selbsthilfegruppe mit einem Haufen Mädels, die nachher noch Spaß haben werden«, sagt Moe, und dann wendet sie sich an mich. »Deine Freunde hängen doch ständig im Pizzicato rum, vielleicht treffen wir uns besser im Roxy.«

Da hat sie recht.

»Okay«, sage ich. »Dann im Roxy.«

Elodie sieht uns an. »Ich bin dabei.«

»Wobei?«, fragt Shawn, die ausgerechnet jetzt zu uns kommt.

»Wir identifizieren uns miteinander. Stimmts?« Moe grinst uns an.

»Genau«, sage ich.

»Japp«, sagt Harold, stolz, miteinbezogen zu werden.

»Wunderbar«, sagt Shawn und geht weiter, zufrieden mit unserem persönlichen Wachstum.

Elodie

POWELL'S

Ich schlendere durchs Buchparadies Powell's,
eine Buchhandlung, so groß,
dass bestimmt halb Portland hier arbeitet.
Angeblich kommen Ladendiebe hier mit nichts raus,
was größer ist als eine Büroklammer,
aber ich liebe die Herausforderung.
Ich stecke *Sämtliche Gedichte* von Emily Dickinson
und *Kaputte Suppe* von Jenny Valentine
unter eine Gratis-Ausgabe vom *Portland Mercury.*
Dann bezahle ich ein Kolibri-Lesezeichen,
lächle die Kassiererin
lieb an
und gehe durch die Sensoren,
die nicht losgehen,
weil ich
die Magnetstreifen von den Büchern entfernt habe –
und bleibe stehen.
Verdammt.
Wenn das hier ein Wettbewerb ist,
wer von uns am krassesten drauf ist,

wird bestimmt nicht das Mädchen
mit den zwei geklauten Büchern
gewinnen.

Tabitha

DAS ROXY

Ich sitze in einem Sessel mit Leopardenmuster, anderthalb Meter entfernt von einem gigantischen gekreuzigten Jesus. Seine Füße hängen über einer Jukebox.

»Lieber Gott«, seufze ich. Die glänzend pinken Wände machen mich ganz schwummerig.

»Mir gefällt die Dornenkrone aus kleinen Lämpchen«, sagt Elodie und beißt in ihr Quentin Tarantuna, ein überbackenes Thunfisch-Sandwich mit ziemlich bescheuertem Namen. Wir teilen uns einen Teller Lord of the Fries, die Pommes triefen nur so vor Chili-Käse. Nach dem Klauen zählen Kalorien nicht.

Moe nimmt einen großen Schluck Cola, dann zeigt sie auf mich und fragt, ob ich hier irgendwen kenne.

»Wen sollte ich hier kennen?«, antworte ich. Die einzigen Leute außer uns sind ein Typ mit Iro und ein paar vereinzelte dürre Hipster über zwanzig.

Sie zuckt die Achseln. »Ich wollte nur sichergehen, dass dir die Peinlichkeit erspart wird, mit uns gesehen zu werden.«

»Ich hab nie gesagt, dass es mir peinlich ist«, fahre ich sie an.

»Aber ist es dir peinlich?«, fragt Elodie neugierig.

»Das sieht man doch.« Moe greift nach einer Fritte.

Wenn sie meint. Ich will nur noch diesen bescheuerten Wettbewerb gewinnen, dann bin ich hier weg. Ich ziehe ein leuchtend grünes Betsey-Johnson-Shirt und ein kurzes Trägerkleid hervor. »Betsey Johnson. Ihr dürft gern vor Bewunderung in Tränen ausbrechen.«

Elodie befühlt das Kleid und murmelt beeindruckt irgendwas, während Moe nach ihrer Tasche greift und einen Haufen Zeug auf den Tisch schüttet.

»Wow«, ruft Elodie.

Moe hält ein paar Kondome mit Kirschgeschmack hoch. »Irgendwer Lust auf was Süßes?«

Als Elodie ihr einen kurzen Blick zuwirft, zuckt Moe mit den Schultern. »Ich kann sie tatsächlich gebrauchen.«

Ich nehme ein Paar rosa Plüschhandschellen und sehe sie fragend an.

»Die sind für dich«, sagt Moe. »Du trägst doch gern Rosa, oder?«

»Stimmt.« Ich grinse. »Danke.«

Elodie fragt: »Wo hast du das alles her?«

Moe zuckt die Achseln. »Spartacus.«

»Du warst bei *Spartacus*?« Ich muss zugeben, ich bin beeindruckt. Und ein bisschen schockiert. Spartacus ist ein Sexshop, in dem es von Leder-Daddys und Porno-Fans nur so wimmelt. Brady wollte da mal mit mir reingehen, aber ich habe mich nicht getraut. Zu viele Perverse.

»Wenn die dich erwischt hätten, wärst du wahrscheinlich als Sexsklavin verkauft worden«, schnaube ich.

»Die haben überhaupt nicht auf mich geachtet. Die hatten genug damit zu tun, einen Typen davon abzuhalten, seinen Schwanz in eine Gummipuppe zu stecken.«

»Iihh!« Elodie sieht leicht traumatisiert aus.

»Und wo warst du?«, frage ich Elodie.

Verlegen zieht sie ihren Mantel vom Sessel neben sich auf den Tisch und nimmt einen Roman und einen Gedichtband aus den Taschen.

Ich greife nach den *Sämtlichen Gedichten* von Emily Dickinson. »Hat Ms Hoberman uns die nicht vor ein paar Monaten aufgegeben?«

Elodie nickt. Dann zieht sie noch eine perfekte kleine Clutch hervor. Sie ist stilvoll und schwarz mit einer süßen goldenen Schnalle. »Und ich war bei Coach«, sagt sie bescheiden.

»Die hat bestimmt vierhundert Dollar gekostet!«, keuche ich. Ich kann nicht anders.

»Ich wusste, das Mädel hat es faustdick hinter den Ohren«, sagt Moe.

»Wie hast du das angestellt?«, frage ich.

Sie zuckt mit den Schultern. »Das ist das Gute daran, brav auszusehen. Niemand rechnet damit, dass du jemals etwas Verbotenes tun könntest.«

Während ich sie mit offenem Mund anstarre, sieht Moe über unsere Köpfe hinweg und sagt auf einmal: »Oh, Scheiße!«

Wir drehen uns um und erblicken einen großen Mann mit Pockennarben, schütterem Haar und unheimlichem Grinsen. Obwohl er dünn ist, wirkt er ziemlich muskulös und kräftig.

»Das ist der Typ mit der Gummipuppe!«, flüstert Moe.

»Der da?« Ich habe tatsächlich etwas Angst.

»Nicht hingucken!«, zischt Moe, und wir sehen schnell weg.

»Er wollte, dass ich mit ihm nach hinten komme«, sagt sie und blickt ängstlich zu ihm rüber. »Er hat gesagt, wenn ich nicht mitkomme, ruft er die Polizei und sagt, ich hätte was geklaut.«

Elodie wird panisch. »Was?!«

»Er kommt rüber!«, sagt Moe. Elodie packt mich am Arm.

»Sollen wir schreien?« Ich bin tatsächlich kurz davor, die Nerven zu verlieren.

Moes Blick nach zu urteilen muss er jeden Moment direkt hinter mir sein. »Oh Gott!«, ruft sie.

Wir schnappen nach Luft und drehen uns um – hinter uns steht nur ein kleines Mädchen.

Während Moe sich vor Lachen kaum halten kann, sinkt Elodie keuchend auf ihrem Sessel zusammen.

»Du Miststück!«, sage ich.

Moe zeigt auf einen der Tische. »Sieht aus, als würde er sich ein Stück heißen Apfelkuchen genehmigen.« Der dünne Typ gibt bei der Kellnerin gerade seine Bestellung auf und sieht total freundlich aus. Moe muss so lachen, dass ihr das halbe Sandwich in den Schoß fällt.

»Du hast Tarantuna auf der Hose«, sagt Elodie.

»Hat er das im Sexshop wirklich zu dir gesagt?« Sie wird sich so was ja wohl nicht ausdenken.

»Gott, nein«, sagt sie. »Ich hab den Typen noch nie gesehen.«

»*Was?*« Ich kann nicht glauben, dass sie uns derart verarscht hat.

»Und es gab auch keine Gummipuppe«, erklärt Moe. »Na ja, zumindest keine aufgeblasene. Aber es war ’ne ziemlich gute Geschichte, oder?«

Ich haue sie auf den Arm und kippe dabei meinen Milchshake um, was eine ziemliche Sauerei gibt, aber ich muss zugeben, dass ich, obwohl ich sie umbringen könnte, seit einer Ewigkeit nicht mehr so gelacht habe.

Elodie

VERGRABENER SCHATZ

Letzte Woche wurde in den Nachrichten
von einer gestohlenen Skulptur
im Wert von sechzig Millionen Dollar berichtet,
die in einer Kiste
im Wald vergraben war.
Der Dieb hat sie vor ein paar Jahren dort versteckt,
bis er schließlich solche Angst bekam,
geschnappt zu werden,
dass er sich selbst angezeigt hat.
Er hat die Polizei in den Wald geführt
und zugesehen,
wie sein Schatz ausgegraben wurde.

Das erzähle ich Tabitha und Moe,
während wir mit unserer Beute
die Stark Street runtergehen,
und wir vermuten,
dass der Dieb bestimmt stolz war,
als die Statue hervorgeholt wurde;
endlich konnte er jemandem davon berichten,

was er vollbracht hatte,
endlich konnte er sein Verbrechen
in all seinen ruhmreichen Details gestehen,
denn er hatte erkannt, dass für sich allein zu stehlen
dich in den Wahnsinn treiben
und die Einsamkeit des Triumphs
dich überwältigen kann,
und dass es die Sache nur wert ist,
wenn du sie mit jemandem teilst.

Moe

8. April

Elodie war überrascht, dass ich *Kaputte Suppe* schon gelesen habe. Aber Tabitha kannte es noch nicht, also hat Elodie ihr das Buch gegeben. Mit den beiden im Roxy abzuhängen war viel lustiger, als Alex zuzuhören, dass wir irgendjemandes Haus mit Klopapier einwickeln sollen, aber trotzdem sind wir deswegen noch lange keine besten Freundinnen oder so. Und natürlich habe ich ihnen auch nicht von Noah erzählt oder dass ich gern in der Badewanne lese. Das geht sie nichts an. Wenn sie mich wie ein Buch nach dem Cover beurteilen würden, wäre mein Inhalt wohl auch ziemlich anders.

Tabitha

DUNST

Es ist ein für Portland ungewöhnlich lauer Frühlingsabend, und so lasse ich auf der Fahrt nach Hause die Autofenster runter. Ich denke an Elodie, wie sie die kleine Clutch hervorgezogen hat, und wie cool es war, zusammen die Straße runterzulaufen, als wären wir auf der Flucht, als wären wir richtige Kriminelle.

An einer roten Ampel sehe ich zum Auto neben mir rüber. Der Fahrer lächelt mich an. Er sieht aus wie ein Zuhälter. Wahrscheinlich *ist* er ein Zuhälter. Ich habe mal gelesen, Portland hätte mehr Zuhälter und Stripclubs pro Einwohner als andere Städte, aber da ich noch nie länger irgendwo anders war, weiß ich nicht, ob es stimmt.

Ich erwidere sein Lächeln. Warum auch nicht? Ein Zuhälter wird mir schließlich nicht nach Hause folgen und mich zwingen, ihn zu heiraten. Obwohl, wer weiß. Als er in eine Seitenstraße abbiegt, atme ich auf. Ich fahre weiter über die South Shore Road, die Kiefern ragen in den dunklen Himmel und erinnern alle Vorbeikommenden daran, dass man, auch wenn man im Boden verwurzelt ist, nur nach oben wachsen kann.

Als Mom später nach Hause kommt, gehe ich in die Küche, um sie zu begrüßen.

»Wie war dein Abend?«, frage ich. Ihr Eyeliner ist total verschmiert.

»Oh, es war sehr schön, mein Schatz«, sagt sie, öffnet ein Vitaminwasser und wirft sich eine Vitamin B12 ein. Das ist ihre liebste Katerkur, die zwar nicht viel bewirkt, aber sie schwört trotzdem drauf. Dann schluckt sie noch eine Multivitamintablette und irgendwelche Mineralien und Anti-Aging-Pillen. »Wie war deine Gruppentherapie?«

Ich zucke die Achseln. »Das ist eigentlich keine Therapie.«

»Aber du klaust nicht mehr, oder?«

»Hältst du mich für blöd?«, spotte ich, obwohl ich sie nicht gern anlüge, besonders nicht, wenn sie so aufgelöst und einsam wirkt wie jetzt gerade.

»Sei nicht so hart zu mir.« Sie hat Tränen in den Augen.

»Bin ich doch gar nicht!«, sage ich, und dann denke ich, *Ach, was solls*, und nehme sie zum Gute-Nacht-Sagen in den Arm. Ihre Finger verweilen kurz auf meinem Rücken, wie der Dunst, der über warmem, in ein eiskaltes Glas geschenktem Alkohol wabert.

»Bis morgen«, sage ich. Mit trübem Blick lächelt Mom mich an und ich wünschte, ich wäre schon eher gegangen oder hätte die Umarmung bleiben lassen, aber manchmal ist es auch einfach nett, nett zu sein.

Elodie

COQ AU VIN

Heute beim Abendessen fragt mich Dad,
wie die Therapie läuft.
Ich nehme einen Bissen von Jennas Coq au Vin
nach dem Rezept aus ihrem Französisch-Kochkurs,
den sie gerade besucht, was komisch ist,
wo sie eigentlich noch nicht mal Salat kann.
Wie soll sie da französisch kochen lernen?
Dad fragt, ob das Klauen
die Enttäuschung und Beschämung wert gewesen ist,
und ich kaue und kaue
auf demselben Stück Huhn,
und er sagt, er versteht nicht,
warum ich klaue,
wo er doch so hart arbeitet, damit ich mir alles,
was ich brauche oder haben will, leisten kann,
und dann unterbricht ihn Jenna und fragt,
ob ich noch mehr *Poulet* möchte,
und obwohl ich den Bissen Keule,
auf dem ich schon Ewigkeiten rumkaue,
kaum runterkriege,

sage ich, *Ja, bitte*,
und ausnahmsweise
schmeckt das Essen meiner Stiefmutter
mal nach Erlösung.

Moe

9. April

Dass ich gesehen habe, wie Noah auf dem Parkplatz mit Kayla Lee geflirtet hat, regt mich gar nicht so sehr auf, wie man denken könnte. Ich bin direkt an ihm vorbeigegangen. Er hat mich auf jeden Fall gesehen und ich bin mir sicher, dass er sich gefragt hat, wohin ich unterwegs war. Mir gefällt es, dass er nicht weiß, was ich nach der Schule mache. Er schickt mir einfach immer weiter Nachrichten und fragt danach. Bisher hat er Folgendes geraten:

- Training für einen Schönheitswettbewerb (haha, er weiß, dass ich *Miss America* für das Schlimmste überhaupt halte)
- Gesangsstunden
- Handarbeitsunterricht

Heute hat er geschrieben: BIST DU EINE SPIONIN? Und ich habe geantwortet: WER WEISS.

Tabitha

BLUME

Brady sieht nicht besonders glücklich aus, als wir uns vor dem Mittagessen auf dem Flur begegnen. Wir haben uns vor ein paar Tagen nach der Schule getroffen, aber ich habe so wenig wie möglich mit ihm geredet. Wenn er anruft, lasse ich meistens die Mailbox rangehen, doch da unsere Spinde nebeneinanderliegen und wir denselben Freundeskreis haben, ist es gar nicht so leicht, ihm auszuweichen. Es erfordert Zeit und Koordination, wie beim Klauen.

Auf dem Weg zur Snackbar holt er mich ein. »Hey.«

»Hey.« Ich lächle, aber es fühlt sich an wie eine Grimasse.

Brady sieht mich wütend an. »Was ist eigentlich dein Problem?«

»Was meinst du?« Ich zucke die Achseln und gebe mich ahnungslos, obwohl ich ein megaschlechtes Gewissen habe.

»Du bist die ganze Zeit total abweisend, bestimmt schon seit ... 'nem Monat. Was ist los? Warum bist du so komisch?«

Ich kann nicht anders, ich muss lachen. Das passiert manchmal, wenn ich nervös bin. Wahrscheinlich ist es ein schlechtes Zeichen, wenn einen der eigene Freund nervös macht.

»Und jetzt lachst du mich aus?!« Wow, ist der angepisst.

»Nein!«, sage ich, aber dann muss ich wieder lachen. Ich wirke bestimmt total hysterisch. Brady kommt einen Schritt näher, umklammert meinen Oberarm und drückt zu. Fest.

»Au!«, rufe ich und reiße mich los. Auf meinem Arm erblüht ein kleiner roter Fleck.

»Du kannst mich mal«, sagt er, dreht sich um und geht weg.

Ich sehe ihm hinterher und frage mich, ob ein normales Mädchen zurückgekniffen hätte. Oder geschrien. Aber wozu? Dann würde ich ja nur mal wieder eine Szene machen.

Ich drehe mich um und gehe wie ferngesteuert zur Snackbar, während der Fleck auf meinem Arm zu etwas nicht besonders Schönem aufblüht.

Tabitha

PARTY

Als ich mir meine Cracker mit Kräuterdip gekauft habe, zittere ich immer noch. Ich mache mich auf den Weg zur Bibliothek, um weit weg von allen anderen in Ruhe zu essen. Ich sage mir, *So was passiert nun mal in Beziehungen, dass man sich aus Versehen wehtut. Das ist ganz normal.*

Da komme ich an Keith Savage und Zoe Amato vorbei. Die beiden lehnen nebeneinander an den Spinden und Zoe wischt sich über die Augen, als hätte sie gerade geweint. Zuerst denke ich, die beiden wären auch ein sich streitendes Paar, und mir wird ganz schlecht, bis ich sehe, wie Keith Zoe anblickt und ihr die Hand auf die Schulter legt. Zärtlich, als wolle er sich entschuldigen, etwas Falsches gesagt oder getan zu haben – womit er wohl beweist, dass Leute, die sich streiten, sich trotzdem noch lieben können. Mir steigen die Tränen in die Augen und schnell gehe ich weiter.

Ich gehe an den ganzen Spring-Fling-Postern vorbei, die *Party, Party, Party!!!* versprechen. Sie machen mich fertig. Das letzte Mal, dass ich mit Brady an den Spinden geknutscht und es tatsächlich genossen habe, ist über vier Wochen her. Er hatte mich gefragt, welche Farbe mein Spring-Fling-Kleid haben würde.

Doch daran darf ich jetzt gar nicht denken, es macht das klaffende Loch in meinem Magen nur noch größer.

Ich werfe den Kräuterdip und die Cracker in den Müll und beschließe, früher zu Ms Hobermans Kurs zu gehen. Auf dem Weg zu ihrem Raum begegne ich Moe. Anscheinend hatte sie die Vierte bei Ms Hoberman. Sie ist mit ein paar Freaks unterwegs, die ganz schön laut sind.

»Was zur Hölle ist eine Villanelle?«, ruft ein pickliger Typ mit Pseudo-Iro. »Ist das 'ne Art Zombie-Pille?«

Das Mädchen mit blondierten Haaren und Nasenring lacht. »Ich will Zombie-Pillen. Sofort.« Alex heißt sie. Sie soll letztes Jahr Taryns Rucksack angezündet haben. Er hat gar nicht richtig gebrannt, aber es hat dazu gereicht, dass die Schulleitung daraufhin Feuerzeuge und Streichhölzer auf dem Schulgelände verboten hat.

Als Moe an mir vorbeigeht, zwinkert sie mir zu. Ihre Freunde scheinen es nicht mitzubekommen. Sie geht weiter in die eine Richtung, ich in die andere. Seltsamerweise fühle ich mich gleich ein bisschen besser.

Teil vier

»Vielleicht retten wir ja mit jedem geklauten Stück ein bisschen die Welt.«

Elodie

KLATSCH

Im Bus in die Stadt
sitze ich neben Rachelle, die mir erzählt,
welches Mädchen welchem Jungen einen geblasen hat
und welcher Football-Spieler den Größten hat
und wer gerade zusammen ist
und wer sich gerade trennt,
denn das, sagt sie, ist ihr Job als Jahrbuch-Redakteurin,
die schmutzigen Geheimnisse aller Leute zu kennen.

Sie steht auf und geht nach hinten,
um Samantha für die »Unterwegs«-Seite
über den Shakespeare-Ausflug zu interviewen.
Manchmal glaube ich,
das Jahrbuch ist für sie nur ein Vorwand,
um mit Leuten zu reden,
die sie sonst nicht mit dem Arsch angucken würden.
Was ich ihr gar nicht zum Vorwurf machen will;
wir suchen doch alle nach Aufmerksamkeit –
bis auf Moe vielleicht,
die sechs Reihen vor mir sitzt und schnarcht.

Als Rachelle zurückkommt,
ist sie total aufgekratzt,
weil Samantha sie mit Tabitha bekannt gemacht hat,
»die eine totale Bitch war«.
Sie ist keine Bitch, sage ich, ohne nachzudenken,
und Rachelle fragt, *Woher willst du das wissen?*,
und ich halte mich bedeckt und sage,
Ich hab einen Kurs mit ihr.
Sie fragt, *Was für einen Kurs?*
Ich könnte Klatsch verbreiten und sagen,
Einen Kurs für Leute, die klauen,
und Rachelle würde sterben vor Glück,
denn das ist ein schmutziges Geheimnis,
von dem niemand weiß.
Doch ich zucke nur die Achseln und sage, *Geometrie*,
und Rachelle sagt, *Glaub mir, sie ist 'ne Bitch*,
und ich sage, *Wahrscheinlich hast du recht*,
weil mir klar wird, dass Rachelle,
solange man nichts Fieses über jemanden sagt,
gar nichts hören will.

Tabitha

NIEMANDEM

Als ich im Theater meinen Platz neben Taryn gefunden habe, ist sie ganz in ihr Handy versunken.

»Wem schreibst du?«, frage ich und linse ihr über die Schulter.

Sie reißt das Handy weg. »Niemandem«, sagt sie.

Ich werfe ihr einen tödlichen Blick zu. Seit wann glaubt sie eigentlich, so mit mir reden zu können?!

Wir sind etwa sechzig Schülerinnen und Schüler von der LO-Highschool hier im Theater, verteilt unter ein paar Hundert Leute, die so alt sind wie meine Eltern. Es gibt kleine Balkone und beerenrote Sitze und goldene Wände. Ein paar der älteren Leute haben uns angelächelt, als wir reinkamen, als würden sie sich freuen, was für kulturell interessierte Jugendliche wir doch sind.

Ich zupfe mein Kleid zurecht, eins von Nanette Lepore, das ich vor ein paar Monaten, als ich mit Mom shoppen war, bei Souchi geklaut habe. Es war ziemlich riskant, weil Mom nur drei Meter weiter stand, hat deswegen aber umso mehr Spaß gemacht. Auch wenn sie eigentlich sowieso nicht viel mitbekommen hat.

Ich gucke zu den kleinen Balkonen hoch und dann sehe ich vier Reihen vor uns Elodie. Neben ihr sitzt ein anderes Mädchen aus der Jahrbuch-AG, das Fotos vom alten Theater macht. Moe sitzt direkt vor mir. Wenn ich mich anstrengen würde, könnte ich vielleicht entziffern, was sie in ihr Notizbuch schreibt ... was ihr wahrscheinlich nicht besonders gefallen würde. Obwohl sie sicher gelassener reagieren würde als Taryn, als ich versucht habe, auf ihr Handy zu gucken. Was für eine blöde Kuh. Aber trotzdem, Taryn und ich sind nun mal schon ewig befreundet. Keine Ahnung, ob das irgendwas bedeutet.

Als das Licht langsam ausgeht, sieht Ms Hoberman ganz verzückt aus. Die Elterngeneration-Leute in ihren Anzügen und Kleidern klatschen. Während der rote Vorhang sich hebt, lasse ich mich tiefer in meinen Sitz sinken. Ich habe unweigerlich das Gefühl, was auch immer jetzt passiert, wird nichts Gutes sein. Ich habe das Stück gelesen, und jeder weiß, dass es eine Tragödie ist.

Moe

15. April

Warum müssen wir ein Theaterstück lesen und uns dann auch noch eine beschissene Aufführung davon angucken? Die armen Schweine auf der Bühne tun mir echt leid, das hier ist wahrscheinlich der Höhepunkt ihrer Schauspielkarriere. Zum Glück kann ich hier drin meine Beobachtungen aufschreiben, wie die, dass ich in der Lobby eindeutig einen Furz gerochen habe und dass Mercutio gerade ziemlich sicher einen Ständer hat. Kann man sich das vorstellen, auf der Bühne 'nen Steifen zu kriegen? Ich würde so tun, als wäre es mir egal, und innerlich vor Scham sterben. Es sind tausend Dinge nervig daran, ein Mädchen zu sein, aber mit so was müssen wir uns wenigstens nicht rumschlagen. Ich habe Tabitha einen Zettel geschrieben, »Mercutio gibt alles.« Nur hat sie den Witz wohl nicht verstanden, so verwirrt, wie sie geguckt hat. Sobald ichs ihr erkläre, findet sies bestimmt lustig. Oder sie ist sauer, weil ich ihr in aller Öffentlichkeit einen Zettel zugesteckt habe. Und wennschon. Irgendwer muss meinen Humor nun mal würdigen, warum also nicht sie?

Elodie

KNALLROT

Als das Stück vorbei ist, hält Ms Hoberman allen –
bis auf Keith Savage und Zoe Amato,
die irgendwo rummachen,
und Heather Rardin und Oliver Montone,
die wahrscheinlich mehr als nur rummachen –
einen Vortrag über die Themen des Stücks,
also das Schicksal versus den freien Willen
und die Macht der Liebe
und den Lauf der Zeit
und das Individuum versus die Gesellschaft,
und dass Gesellschaft und Familie wollen,
dass wir uns auf bestimmte Art verhalten,
auch wenn das Herz dir etwas anderes sagt.

Später bittet sie die Schauspieler,
ihr Programm zu signieren,
und dann legt der Typ, der Mercutio gespielt hat,
ihr für ein Foto den Arm um die Schultern
und sie wird knallrot.
Als Patrick Cushman ihr Programm angucken will,

schlägt sie seine Hand weg.
Sie sagt, sie muss es erst laminieren lassen,
dann können wir es uns ansehen.
Offenbar ist dies ihr neuester Schatz,
der alle anderen aussticht.
Als ich ein Foto fürs Jahrbuch knipse,
macht Moe Patrick Hasenohren
und ich muss ein Lachen unterdrücken.
Individuum versus Gesellschaft –
das wäre dann wohl Moe.

Tabitha

SO MITTELSEXY

Auf der Rückfahrt schmeißt Patrick Cushman im Bus eine Runde Kaugummi. Als er mir eins anbietet, lehne ich ab. Kaugummi ist enttäuschend. Der Geschmack hält nie länger als eine Minute. Und dann will man immer mehr.

»Er will dich nur beeindrucken«, sagt Taryn mit Blick auf Patrick. »Er behauptet, er hat es bei 7-Eleven geklaut.«

»Er hat es geklaut?«, frage ich. Das überrascht mich.

»Anscheinend.« Taryn verdreht die Augen. »Nur Idioten klauen.«

Zum Glück habe ich sie nie in meine außerschulischen Aktivitäten eingeweiht. Einmal, als ich betrunken war, hätte ich es beinah Kayla verraten, aber dann hat sie mir eine ellenlange Geschichte erzählt, wie sie mal mit einem Hippie-Typen vom College rumgeknutscht hat und was für eine Angst sie hatte, sich mit Herpes angesteckt zu haben. Dann war der Moment vorbei und danach habe ich das Thema nie wieder aufgebracht.

Inzwischen wissen zwei Mädchen, die ich vor drei Wochen noch nicht mal kannte, mehr von mir als manche meiner Freundinnen. Als Moe heute Abend versucht hat, mich auf sich aufmerksam zu machen, war ich zuerst genervt. Dann habe ich mir für den Rest des Stücks immer wieder gewünscht, lesen zu können, was zum Henker sie die ganze Zeit geschrieben hat. Es war garantiert witzig.

Patrick Cushman beugt sich wieder zu mir rüber. »Das ist Wassermelone. Sicher, dass du keins willst?«

»Okay«, sage ich und nehme widerwillig ein Kaugummi. Er grinst und ich frage: »Und, war es die Sache wert?«

Überrascht sieht er mich an. »Ehrlich gesagt hab ich noch nie im Leben was geklaut. Es war total aus Versehen. Ich geb es jetzt nur als kriminelle Tat aus, um aufregend zu wirken.«

Ich lächle. Er ist tatsächlich ganz schön süß. Groß und schlank. Grüne Augen, die ein bisschen funkeln. Er ist nicht so durchtrainiert wie Brady, aber er hat schöne Hände. Auf einmal fällt mir wieder ein, wie er mir am Tag meines Völkerball-Debakels, als wir aus dem Krankenzimmer zurückkamen, mein Sweatshirt um die Schultern gelegt hat. Er hatte es vielleicht auf mich abgesehen, aber er hat sich absolut wie ein Gentleman verhalten.

»Ich weiß nicht, ob ich das wirklich aufregend finde. Vielleicht eher so mittelsexy?«

Er lacht. »Ist mir auch recht.«

Ich packe das Kaugummi aus und stecke es in den Mund. »*Mhm.* Das war es eindeutig wert.«

»Hier«, sagt er. »Nimm noch eins für später. Die verlieren immer viel zu schnell den Geschmack.«

Er geht zurück zu seinen Freunden und ich sehe ihm hinterher. Taryn starrt mich an, als wollte sie sagen: *Was zum Henker war das denn?*, also mache ich meinen iPod an und konzentriere mich darauf, den Wassermelonengeschmack so lange wie möglich auszukosten.

Moe

16. April

Tante B hat Nachtdienst im Krankenhaus, und als ich vom Theater nach Hause kam, hat Marc auf mich gewartet.

Er ist eigentlich ganz okay für einen Bruder. Bis auf das eine Mal, als ich sieben war und er mich in den Mount Hood Meadows auf diese »geheime« Skipiste mitnehmen wollte, von der nur er wusste, und wir uns total verirrt haben. Das war kurz vor dem Unfall unserer Eltern. Die Bergwacht musste nach uns suchen. Unsere Eltern waren stinkesauer, weil da oben ständig Leute sterben. Hauptsächlich Wanderer, aber trotzdem. Wir mussten den ganzen Rest des Wochenendes in der Hütte bleiben und Mom hat uns nicht mal erlaubt, heiße Schokolade zu holen. Ich habe heiße Schokolade geliebt und eine ganze Woche nicht mit Marc geredet, bis er mir von seinem Taschengeld drei Packungen Nestlé-Kakaopulver mit Mini-Marshmallows gekauft hat und ich ihm verziehen habe.

Ich hatte vom Theater nicht besonders viel zu erzählen, aber Marc fand das nicht schlimm. Er weiß nur gern, dass ich zu Hause bin, bevor er schlafen geht.

Tabitha

CRACK

Beim Gruppentreffen bleibt Moe kurz neben meinem Stuhl stehen, als sie reinkommt. »Treffen wir uns nachher?«, fragt sie. Ich nicke, und sie sagt: »Cool. Ich sag Elodie Bescheid.«

Eine Stunde und vierzig Minuten lang sitzen wir da und lassen uns von Shawn einen uralten, pädagogisch wertvollen Film über die Gefahren des Ladendiebstahls zeigen. In der Hauptrolle Winona Ryder, die gemeinnützige Arbeit leistend darüber spricht, wie verkehrt es ist zu stehlen. Sie trägt ein süßes Vintage-Kleid und winzige Diamantenohrstecker. Einen besonders bedauernden Eindruck macht sie nicht, obwohl sie die ganze Zeit über nichts anderes redet, als wie sehr ihr alles leidtut. Als Schauspielerin könnte sie eigentlich ruhig ein bisschen reumütiger tun, aber ich wäre wahrscheinlich auch supergenervt, wenn ich beim Klauen erwischt würde und dann einen Film darüber machen müsste.

Nach der Filmvorführung startet Shawn einen ihrer Versuche, eine fruchtbare Diskussion in Gang zu bringen.

»Wir haben ja bereits über Ersatzbefriedigung geredet, stimmts? Also, das Problem im Kampf gegen Kleptomanie ist, dass eure Resilienz immer wieder aktiviert werden muss. Ihr müsst also herausfinden, was der *Grund* für eurer Verhalten ist, um nicht mehr auf dieses Verhalten zurückgreifen zu müssen.«

Warum klingt eigentlich alles, was Shawn sagt, wie Latein? Ich wünschte, es wäre nicht so, dann könnte ich vielleicht sogar noch was lernen.

»Ja, Gina?«

»Ich hab angefangen zu rauchen. Ist das eine gute Ersatzbefriedigung?«, fragt Gina.

»Ich brauche dringend eine Ersatzbefriedigung für Gina«, flüstert Moe.

Ich versuche, mir das Lachen zu verkneifen, denn Gina erinnert mich irgendwie an Mom. Gescheiterte Hoffnungen, geplatzte Träume und so weiter.

»Okay, also, du musst natürlich aufpassen, nicht eine Sucht durch die andere zu ersetzen, aber wenn du weiter an dir arbeitest und ehrlich mit dir selbst bist, dann bist du auf dem richtigen Weg«, sagt Shawn. Eins muss ich ihr lassen: Die Frau kann jede Rückfrage in eine positive Botschaft umwandeln.

Nach dem Kurs treffe ich mich mit Elodie und Moe am Getränkeautomaten auf dem Gang.

»Ey, Leute, Gina wird noch auf Crack enden, bevor der Kurs vorbei ist«, sagt Moe.

»Meinst du?«, fragt Elodie besorgt.

»Was bleibt ihr denn andres übrig?«, erwidert Moe und nimmt einen großen Schluck von ihrer Limo, bevor sie die Flasche gegens Licht hält. »Glaubt eigentlich noch irgendwer außer mir, dass Mountain Dew giftig ist? Guckt euch das Zeug mal an, das sieht doch aus wie Katzenpisse.«

»Vielleicht solltest du Gina was abgeben«, sagt Elodie, als Shawn gerade auf uns zukommt.

»Hey, Mädels«, sagt sie und lächelt aufmunternd.

Wir murmeln alle eine Antwort und sie sagt: »Ich finde es toll, dass ihr euch gegenseitig so unterstützt. Das ist ein wesentlicher Bestandteil des Prozesses.«

»Super«, sagt Moe und lächelt sie unbeirrt an. Elodie sieht aus, als würde sie gleich loslachen. Shawn runzelt die Stirn. Ich habe absolut keinen Bock, nur wegen Moe diesen ganzen Kurs noch mal von vorn machen zu müssen, also sage ich schnell: »Ich musste 'ne ganze Weile mit der Sucht von meinem Dad klarkommen, da hab ich gelernt, wie wichtig Unterstützung ist.«

»Echt?«, fragt Shawn interessiert.

Ich nicke. »Total.«

»Danke, dass du davon erzählt hast.« Sie berührt mich mitfühlend am Ellbogen und wirkt äußerst zufrieden mit diesem Durchbruch. Dann nickt sie uns allen unterstützend zu und geht weiter, wobei ihre perlenbesetzte Weste beschwingt klimpert.

Elodie sieht mich neugierig an.

»Wonach ist dein Dad denn süchtig?«

Ich denke kurz nach. »Äh, Mösen?«

»Danach kann man doch nicht süchtig sein«, sagt Elodie. »Oder?«

»Hey, den Gang runter treffen sich die Anonymen Liebes- und Sexsüchtigen«, sagt Moe. »Offensichtlich kann man danach süchtig sein.«

»Ich wette, er geht zur Gruppe für ›Ich fick alles, was nicht bei drei auf den Bäumen ist‹«, sage ich.

»Dann sind deine Eltern geschieden?«, fragt Elodie.

»Nö. Glücklich verheiratet, laut meiner Mom.«

»Sie weiß nichts davon?«, fragt Moe.

»Klar weiß sies. Sie will es nur nicht wahrhaben.«

Die beiden sehen mich fassungslos an und schließlich sagt Moe: »Kein Wunder, dass du so fertig bist.«

Ich würde am liebsten sagen, sie soll die Klappe halten, aber es fühlt sich gut an, endlich mal die Wahrheit auszusprechen. Manchmal tut es doch gut, Geheimnisse ans Tageslicht zu holen.

»Wollt ihr noch mit zu mir kommen?«, fragt Moe. »Meine Tante sagt, ich soll öfter mal Leute mitbringen. Sie denkt anscheinend, ich wäre genauso fertig wie du«, sagt sie mit Blick auf mich.

Elodie

SPIONINNEN WIE WIR

Als wir aus dem Kursraum gehen,
scherzt Moe, dass wir vielleicht gerade insgeheim
von der CIA rekrutiert werden
und Shawn eine Topagentin ist,
die Nachwuchs-Spioninnen finden soll,
und wir die Auserwählten sind.
Vielleicht hüten wir bald Staatsgeheimnisse
und schmuggeln Mikrochips
und verführen böse Typen.
Vielleicht retten wir ja
mit jedem geklauten Stück
ein bisschen die Welt.

Tabitha

DIE AUFGABE

»Und, wie hat euch *Romeo und Julia* gefallen?«, fragt Elodie, als wir über den Pioneer Courthouse Square gehen, wo jede Menge Leute das beinah sonnige Wetter genießen. Ein Typ schlägt auf Plastikwannen herum, als wären es Trommeln.

»Gar nicht mal so schlecht«, sagt Moe. »Ich hoffe nur, Ms H hat die Nummer von diesem Typen. Dem mit dem Ständer. Ich glaube, er könnte einen positiven Einfluss auf ihr Leben haben.« Sie macht eine Stoßbewegung mit der Hüfte und Elodie kreischt.

»Habt ihr auch diese Aufgabe bekommen, wo ihr irgendeinen kreativen Quatsch über eure Familie schreiben sollt? Oder hat sie das nur in unserem Kurs gemacht?«, frage ich.

»Ja, total bescheuert. Was gibts da schon zu sagen?« Moe zuckt die Schultern, nimmt ein Stück Turkey Jerky aus der Tasche und steckt es sich in den Mund.

»Glaub mir, ich hätte eine Menge über meine Eltern zu sagen«, erkläre ich. »Ich wills nur nicht in einem Aufsatz für Ms Hoberman tun.«

»Und, habt ihr den Aufsatz geschrieben?«, fragt Elodie.

»Nö. Und ich habs auch nicht vor.«

»Ich kann sowieso nichts anderes schreiben als Tagebuch. Jedes Mal, wenn ich versuche, einen Aufsatz zu schreiben, verkack ichs«, sagt Moe.

»Ich schreibe am liebsten Gedichte«, sagt Elodie.

»Ha, so siehst du auch aus«, stichelt Moe, spült sich den Jerky-Mund mit Red Bull, schluckt und sagt: »Gedichte sind total bescheuert.«

»Stimmt doch gar nicht!«, sagt Elodie beleidigt. »Was meinst du, was alle großartigen Songs in Wirklichkeit sind – Gedichte!«

»Ein großartiger Song ist ein großartiger Song. Ein Gedicht ist nichts weiter als ein Gedicht«, gibt Moe zurück.

»Ich habe keine Ahnung von Gedichten. Aber ich lese Blogs«, sage ich. »Kennt ihr den von dem Mädel in Chicago? Die so alt ist wie wir?«

»Blogs von Teenies sind genauso bescheuert«, sagt Moe.

»Dieser ist gut, glaub mir.« Ich weiß nicht, warum ich mir die Mühe mache, eine Vandalin von der Daseinsberechtigung einer berühmten Website zu überzeugen, und wechsele das Thema. »Gehen wir was klauen und dann treffen wir uns wieder.«

»In zwanzig Minuten wieder hier?«, fragt Elodie.

»Das ist viel zu wenig Zeit«, jammert Moe.

»Heul doch«, sagt Elodie. Die traut sich was. Dann wird sie rot. »Sorry. Das hat mein Dad immer gesagt.«

»Okay, bis gleich«, sage ich. Moe seufzt und läuft in die eine Richtung los, Elodie und ich gehen in die andere. Wenn die arme Shawn wüsste, dass dieser Teil von den zehn Prozent der Bevölkerung ihre Kleptomanie absolut nicht angeht – sondern im Gegenteil erst richtig loslegt.

Elodie

ROT

Okay, zeig, was du hast,
sage ich zu Tabitha.
Wir warten an unserem Treffpunkt auf Moe,
vor der Skulptur mit dem auf der Bank sitzenden Typen.
Die Leute erschrecken immer,
weil sie denken, der Typ wäre echt,
dabei ist er nur aus Bronze.
Tabitha öffnet ihre Tasche
und zieht ein rotes Kleid von Prada hervor,
das sie bei Mario's geklaut hat.
Du solltest dir auch so eins holen, sagt sie.
Es ist eigentlich nicht mein Stil, aber ich mag Rot.
Rot steht für sexy und geheimnisvoll
und gefährlich
und alles, was ich nie war,
aber ich bin auf bestem Wege, es zu werden.

DER SPRINT

Moe kommt ganz außer Atem auf uns zugerannt:
Wir müssen abhauen!
Und schon läuft sie wieder los.
Scheiße!, flucht Tabitha und wir sprinten Moe hinterher.
Sie rennt vom Platz und um eine Ecke
und die Treppe rauf in ein Parkhaus
und zerrt uns hinter einen Prius
mit lauter linken Aufklebern
wie GO GREEN OR GO HOME
und REFUGEES WELCOME.
Keuchend kauern wir hinter dem Wagen
und nach ein paar Sekunden
linst Tabitha um die Ecke und fragt,
Haben wir sie abgehängt?
Wen?, fragt Moe.
Wer auch immer uns gejagt hat, sagt Tabitha genervt.
Ach so, sagt Moe. *Ich wollte nur mal gucken, wie schnell ihr laufen könnt.*
Tabitha starrt sie an.
Bitch!
Moe grinst.
Du weißt doch, dass du mich liebst.

QUIETSCH RATTER-RATTER

Quietsch ratter-ratter.
Wir fahren mit der Straßenbahn vom Pioneer Place nach Pearl District,
einem Bezirk voller schicker Läden, gebaut auf den Ruinen ehemaliger Lagerhäuser.
Ich wünschte,
wir hätten ein würdevolleres Transportmittel.
Schade, dass wir nicht wissen, wie man Autos klaut,
sagt Moe.
Sie hat recht.
Ein Auto kurzzuschließen wäre sehr viel besser gewesen,
als in der Straßenbahn auf Plastiksitzen
neben einem alten Typen mit Barett zu sitzen,
der uns noch seltsamer zu finden scheint
als wir ihn.

Quietsch ratter-ratter.
Ich mache ein Foto von Moe,
als sie sich nach mir umdreht
und mir den Stinkefinger zeigt.
Dann richte ich die Kamera auf Tabitha,
die hübsch lächelt wie auf Autopilot.
Lächeln nicht nötig, sage ich,
und als sie mich verwirrt ansieht,
drücke ich den Auslöser.
Besser.

Wir sind gleich da, sagt Moe.
Ich beuge mich zu dem alten Typen mit Barett
und frage, ob er ein Foto von uns macht.
Er nimmt die Kamera
und fotografiert uns.
Das Foto wirds nie ins Jahrbuch schaffen,
denn wer weiß,
wie wir drei überhaupt zusammen aussehen,
und außerdem würde es für niemanden Sinn ergeben,
aber wenigstens gibt es jetzt einen Beweis
für diesen Moment.

Auf in den Kampf!, sagt Moe, als wir auf der Southwest
Tenth Street ankommen.
Wir stieben los,
wie in Freiheit entlassene Vögel,
quietsch ratter-ratter,
die ganze Schar.

Tabitha

FEDERN LASSEN

Zu Hause bei Moe fällt mir als Erstes der orange-blaue Papagei in der Küche auf. Dem armen Ding fehlen so viele Federn, dass er an manchen Stellen richtig kahl ist.

»Hat euer Papagei Haarausfall oder so?«, frage ich.

»Meine Tante sagt, Marc hat ihm irgendwann mal Drogen gegeben und seitdem reißt er sich die Federn aus. Ich würde behaupten, er wurde einfach mit ADHS oder einer Zwangsstörung geboren«, erklärt Moe.

»Vielleicht ist es ja eine Ersatzbefriedigung«, sagt Elodie.

»Danke, Shawn. Dein Scharfblick ist wirklich beeindruckend«, erwidert Moe, während sie die Treppe raufgeht und uns andeutet, dass wir ihr folgen sollen.

Moes Zimmer ist erstaunlich nett: ein großes Bett mit lila Überwurf, an den Wänden Sternentapete und auf der Kommode ein paar gerahmte Bilder. Eins davon muss von ihren Eltern sein, die mit zwei kleinen Kindern vor einem Haus stehen und strahlend lächeln. Als Elodie sie danach fragt, sagt Moe: »Das sind wir als Kinder. Meine Eltern sind gestorben, als ich sieben war.«

»Meine Mom ist auch gestorben«, sagt Elodie.

»Echt?« Überrascht sieht Moe sie an.

»Vor zwei Jahren. Echt ätzend. Mein Dad hat neu geheiratet.«

»Und ist deine Stiefmutter okay?«, fragt Moe.

Elodie zuckt die Achseln. »Sie ist auf dem totalen Gesundheitstrip. Ganz schön nervig.«

»Wie, wäre es dir etwa lieber, sie würde ungesund leben?«

»Nein, es kommt mir nur so vor, als wollte sie mir ständig unter die Nase reiben, dass meine Mom Krebs hatte. Als würde sie sagen: ›Ich kriege niemals Krebs, denn ich bin der Inbegriff von Gesundheit.‹«

»Vielleicht interpretierst du da auch zu viel rein«, sage ich.

»Oder«, fügt Moe hinzu, »deine Stiefmutter versucht, gut auf sich aufzupassen, damit dein Vater nicht noch eine Frau verliert.«

»Sie ist neunundzwanzig«, sagt Elodie. »Sie wird wohl kaum plötzlich an Leukämie sterben.«

»Ich meine ja nur.« Moe hält abwehrend eine Hand hoch. »Lass sie doch machen.«

Elodie verdreht die Augen. »Ich verstehe nur nicht, warum mein Dad sich ausgerechnet *so* eine ausgesucht hat.«

»Tja, vielleicht wollte er ja keine Kopie von deiner Mom«, sagt Moe. »Das wäre doch auch ziemlich scheiße, oder?«

Elodie gibt sich geschlagen und wendet den Blick ab.

»Außerdem«, sagt Moe, »hättest du sicher nicht gewollt, dass er für immer allein bleibt, oder?«

Ich bin beeindruckt von Moes Intuition. Als ich das Foto von Moes Eltern in die Hand nehme, zeigt Elodie auf meinen Oberarm.

»Was hast du da denn gemacht?«

»Uh. Sieht übel aus«, sagt Moe.

Sie starren beide auf den dunkelblauen Fleck. Kurz überlege ich zu lügen. Dann fällt mir ein, dass ich gerade ein Programm mitmache, bei dem es heißt, man müsse die Wahrheit sagen, um mit schlechten Gewohnheiten zu brechen.

»Ich hab mich mit Brady gestritten.«

Sie sehen mich verständnislos an, bis Elodie fragt: »*Er* war das?«

»Er hat mich nur gekniffen.«

»Ich wusste, der Typ ist ein totales Arschloch«, sagt Moe.

»Woher willst du das wissen?«, gebe ich zurück.

Moe guckt weg und zuckt mit den Achseln. »Ich hab einen ziemlich guten Arschloch-Detektor.«

»Hat er das schon mal gemacht?« Elodie berührt mich am Arm. Ich will eigentlich nicht darauf antworten, aber dann fällt mir der Schulball von letztem Herbst ein, als Brady mir total besoffen vorgeworfen hat, mit Greg Devorian zu flirten. Greg hatte mir vom Klettern in Wyoming erzählt. Ich war vor sechs Jahren mal mit meiner Familie in Colorado zum Klettern, und es war eine der seltenen Gelegenheiten, wo wir alle gut miteinander ausgekommen sind. Mein Bruder Jake hat mir jeden Abend Geistergeschichten erzählt, und auf dem kleinen Berg vor unserem Hotel haben wir Staffelläufe gemacht. Mom und Dad haben im Hotelzimmer gekuschelt, und Dad hat Jake und mir Angeln beigebracht. Wir waren ausnahmsweise mal weit weg von allem anderen, machten »Familiensachen«, und es war richtig nett.

Als Brady von der Toilette kam und sah, dass ich mich mit Greg unterhielt, kam er auf mich zu und riss mich weg. Er war schon immer neidisch auf Greg gewesen, seit die Typen im Lacrosse-Team angefangen hatten, Greg wegen Größe und Umfang eines gewissen Körperteils »der Hengst« zu nennen. Jungs und ihre zerbrechlichen Egos. Kurz hatte ich die naive Hoffnung, dass der Hengst vortreten und mich verteidigen würde, aber er zog sich schnell zurück und verschwand in der Menge. Da wurde mir zum ersten Mal die Schattenseite meines Status bewusst. Ich war Bradys Freundin und er konnte mit mir machen, was er wollte, sogar mir vor der halben Schule auf einem Ball den Arm verdrehen. Greg Devorian hat vielleicht einen großen Schwanz, aber in dem Moment hatte er absolut keine Eier.

»Aber ... das ist Misshandlung«, sagt Elodie leise, nachdem ich ihnen die Geschichte erzählt habe.

Moe sagt ausnahmsweise mal nichts, sondern taxiert mich nur mit ihren braunen, mit schwarzem Liquid Eyeliner umrahmten Augen. Dann beugt sie sich plötzlich über den Schreibtisch und nimmt ihren iPod.

»Ich weiß was, das dich aufheitert«, sagt sie. Und im nächsten Moment ertönt Katy Perry aus den Lautsprechern.

»Ist das dein Ernst?«, lacht Elodie.

»Wieso nicht? Klar!«, sagt Moe und fängt an, auf lächerlich rhythmusfreie Art zu tanzen, und ihre kirschroten Haare fliegen durch die Luft.

»Katy Perry ist scheiße«, sage ich.

»Wie bitte?«, antwortet Moe gespielt beleidigt, während sie weiter alberne Hüftbewegungen macht.

Elodie nickt zustimmend. »Katy Perry ist so was von Mainstream.«

»Was ist daran verkehrt?«, fragt Moe.

»Ich dachte, deine Stoner-Goth-Freunde hören Death Punk oder Speed Metal oder so.«

»Ja, tun sie, aber ich liebe Popmusik«, sagt Moe. »Wenn man

das hört, kann man doch nicht stillhalten!« Sie wackelt mit den Schultern. »Kommt schon! Tanzt!«

Ich sehe Elodie an, die achselzuckend aufsteht und Moe mit der Hüfte anstößt. Und auf einmal tanzen Moe und Elodie und ich zu Mainstream-Pop. Und es ist gar nicht mal so scheiße.

Elodie

TEENIE-TRAUM

Moe tanzt den Monkey
und Tabitha lacht sich halb tot.
Als ich den Dougie mache,
geht an der offenen Tür
ein Typ vorbei.
Er ist ein paar Jahre älter als wir,
groß, hat verstrubbelte Haare
und unendlich braune Augen.
Er trägt ein T-Shirt von Led Zeppelin
und sieht mich direkt an
und Moe schreit,
Raus hier!
Und er sieht mich an
und sagt, *Netter Move*,
und geht weiter.
Wer war das?, fragt Tabitha.
Mein Bruder, sagt Moe
und sie tanzen weiter.
Ich versuche, mich zu bewegen,
aber ich bin wie gelähmt,

denn abgesehen von Brady Finch
bin ich in all meinen Teenie-Träumen
noch nie einem so gut aussehenden
Typen begegnet.

Tabitha

POP

Als wir die Treppe runterspringen, singen wir immer noch den Katy-Perry-Song. Ohne die Musik dazu klingt Moe wie eine sterbende Ziege, aber das ist ihr anscheinend egal. Erstaunlich, wie sie sich zum Affen machen und dabei total wohlfühlen kann. Ich hatte in letzter Zeit immer mehr das Gefühl, gar nicht mehr ich selbst sein zu können. Ich musste so sein, wie alle es von mir erwarteten. Aber hier kann ich sein, wer ich will.

Ich ziehe meine Stiefel an und da sagt Moe: »Warte. Ich hab noch was für dich.« Sie hält mir eine CD hin. »Hab ich eben noch schnell für dich gebrannt. Du musst die auch haben.«

Ich sehe die CD an, auf die sie *Mainstream-Pop* geschrieben hat. Es ist das erste Mal seit Langem, dass jemand etwas für mich *gemacht* hat. Als Kind hatte ich ein Schaukelpferd in meinem Zimmer, das mir mein Dad gebaut hatte, doch irgendwie hatte ich immer den Verdacht, dass es aus dem Spielzeugladen war. Aber vielleicht bin ich auch nur paranoid.

»Danke«, sage ich.

»Pass auf, dass es niemand mitkriegt, wenn du sie hörst, sonst denken die Leute noch, du hättest keinen Geschmack.«

»Ist mir egal«, sage ich. Und es stimmt.

Moe

Moes Playlist: Mainstream-Pop

»Greatest American Hero (Believe It or Not)« – *Joey Scarbury*
»Raise Your Glass« – *Pink*
»Born This Way« – *Lady Gaga*
»Crazy in Love« – *Beyoncé & Jay-Z*
»Crazy for You« – *Madonna*
»Girlfriend« – *Avril Lavigne*
»I Gotta Feeling« – *The Black Eyed Peas*
»Toxic« – *Britney Spears*
»Can't Get You Outta My Head« – *Kylie Minogue*
»Since U Been Gone« – *Kelly Clarkson*
»Teenage Dream« – *Katy Perry*
»Human Nature« – *Michael Jackson*
»When I Grow Up« – *The Pussycat Dolls*
»I Love Rock 'n' Roll« – *Joan Jett and the Blackhearts*
»Hollaback Girl« – *Gwen Stefani*
»Empire State of Mind« – *Jay-Z & Alicia Keys*
»Glory of Love« – *Peter Cetera*

Elodie

RHODODENDRON

Als ich bei Moe die Auffahrt runtergehe,
an den ungepflegten Rhododendren vorbei
und den Geranien, die aussehen
wie scheintot,
sitzt da Moes Bruder
auf seinem Rad,
als würde er auf was warten.
Hey, sagt er.
Oh, hey. Ich muss los, sage ich lahm. *Bin spät dran.*
Spät wofür? Er lächelt. *Hast du 'n Date?*
Ich würde gern eine coole Antwort geben,
aber es würde eh nur blöd rüberkommen,
also sage ich, *Vielleicht.*
Ich hatte recht.
Es kommt blöd rüber.

Der Typ hat echt Glück, sagt er, was bedeutet,
er macht sich eindeutig über mich lustig.
Aber dann sieht er mich an,
sieht mir direkt ins Auge,

in den Sehnerv,
ins Zentrum meiner Großhirnrinde,
und mir ist so schwindelig, als hätte ich gerade einen
Hello Kitty-Wecker oder eine Clutch von Coach geklaut.

Ich bekomme Panik. *Ciao!*
Schnell drehe ich mich um und gehe,
und die Rhododendronblüten wirken plötzlich
wie pinke Edelsteine
und die Geranien sehen jetzt
hoffnungsvoll und glänzend und frisch gegossen aus,
voller Vorfreude auf das, was kommt.

Moe

20. April

Als ich Tante B von meinem Besuch erzählt habe, war sie überglücklich. »Und, wie fandst du Moes neue Freundinnen?«, hat sie Marc gefragt. »Hast du sie gesehen?«

Er nuschelte nur irgendwas vor sich hin, was seltsam ist, denn eigentlich hat er immer zu allem eine Meinung. Eine bescheuerte Meinung, aber immerhin eine Meinung. Dann hat sie mich gefragt, ob ich mit Tabitha und Elodie einen Kurs zusammen habe, und ich sagte Ja, und sie wollte wissen, was für einen Kurs, und Marc hat mich auch ganz neugierig angesehen. Ich habe gelogen und Sozialkunde gesagt. Ich konnte nicht die Wahrheit sagen. Die beiden wissen nichts von dem Ladendiebstahl, denn ich habe den Sicherheitsleuten im Laden erzählt, dass ich Waise bin. Auch wenn es wahr ist, kam ich mir ganz schön scheiße vor, so zu tun, als gäbe es Tante B nicht. Aber Tante B hätte sich nur unnötig Sorgen gemacht. Und sie und Marc machen sich so schon genug Sorgen um mich. Ich habe mich mit den Bullen geeinigt, dass ich zur Selbsthilfegruppe gehe, und wenn ich keinen der Termine schwänze, lassen sie es darauf beruhen.

Marc hat gesagt: »Ich dachte, du hast dieses Halbjahr gar kein Sozialkunde.« Und ich: »Doch.« Und er hat mich ganz seltsam angeguckt, aber dann hat Tante B vorgeschlagen, dass wir alle zu Zeppo essen gehen, wo wir schon seit Wochen nicht waren. Ende gut, alles gut, wie Ms Hoberman sagen würde.

Tabitha

DEN GANG ENTLANG

Als Kreatives Schreiben zu Ende ist, reihe ich mich in die Horden auf dem Gang ein. Alle wechseln gerade die Kursräume und reden aufgeregt vom Spring Fling. Passenderweise, denn es ist ein perfekter Frühlingstag, sonnig und klar. Der viele Regen in Portland hat alles ergrünen lassen und die Blumen an der Sporthalle haben bereits angefangen zu blühen. Es ist einer dieser schönen Highschool-Momente, wo alle miteinander in Einklang zu sein scheinen und mich ausnahmsweise mal niemand nervt.

Ich biege um die Ecke und sehe in mit schwarzem Eyeliner umrahmte Augen unter einem vertrauten roten Schopf. Wir blicken einander kurz an, aber der Strom der Leute treibt uns weiter und Moe hebt die Hand, wie um mir zuzuwinken, doch dann zeigt sie mir den Stinkefinger und im nächsten Moment ist sie auch schon vorbei.

Ich muss grinsen, denn natürlich hat sie es nicht ernst gemeint, und Sarah Crowder, eine aufdringliche Zehntklässlerin, die an einem Trinkbrunnen steht, sieht mich glücklich an, weil sie offenbar denkt, ich würde sie anlächeln. Ich könnte sie aufklären, nicke ihr aber bloß zu. Soll das arme Mädchen doch ihre

Freude haben. Dummerweise versteht sie es als Einladung, sich mir anzuschließen.

»Hey, Tabitha! Wie gehts?«, flötet sie.

»Gut. Und selbst?«

»Auch gut.« Dann fügt sie hinzu: »Ich hab gehört, du und Brady habt euch getrennt?«

Ich sehe sie an und bin kurz davor zu sagen, dass sie eine blöde Kuh ist und mein Leben sie einen Scheiß angeht und Brady und ich uns überhaupt nicht getrennt haben und wer ihr diesen Schwachsinn eigentlich erzählt hat? Ich würde sie am liebsten anbrüllen, doch dann fällt mir wieder ein, was für ein perfekter Frühlingstag heute ist, und ich denke: *Warum sollte ich ihr diesen Tag ruinieren?*

»Ich hab seit ein paar Tagen nicht mit ihm geredet«, sage ich. »Was okay ist.«

»Echt?«, fragt sie und sieht noch viel überraschter aus, als ich selbst bin. »Was ist passiert?«

»Ach, weißt du ... irgendwie ist die Luft raus.« Ich zucke die Achseln und denke, wenn sowieso schon alle über mich tratschen, dann können sie auch die Wahrheit erfahren.

»Also«, sagt sie, »ich weiß ja nicht, ob ich das sagen sollte, aber ich finde, du hast was Besseres verdient.«

Ich denke kurz darüber nach, dann antworte ich: »Danke, Sarah. Das ist lieb von dir.« Ihre Freundinnen stehen ein Stück weiter und warten darauf, sie nach jedem Detail unserer Unterhaltung ausfragen zu können. »Machs gut«, sage ich und lächle sie und ihre Freundinnen im Weitergehen an, denn es ist schließlich nichts verkehrt daran, ab und zu ein bisschen Freude zu verbreiten.

Moe

21. April

Heute in Europäische Geschichte hat Noah sich während Mr Sussmans Wievielter-Weltkrieg-auch-immer-Vortrag zu mir rübergebeugt, mich an die Schulter getippt und gefragt, was ich später mache. Ich hab gesagt: »Ist anonym«, und wieder Mr Sussman angesehen, als würde ich mich wahnsinnig für Kriege interessieren. Noah hat sich wohl ziemlich sicher gefühlt, weil niemand von seinen Freunden in dem Kurs ist. Irgendwie ärgert es mich immer mehr, dass er nur dann mit mir redet, wenn niemand dabei ist. Auch wenn es vielleicht nicht fair ist, deswegen sauer auf ihn zu sein, denn auf Tabitha und Elodie bin ich ja auch nicht sauer, dass sie niemandem von unserer Freundschaft erzählen. Der Unterschied ist nur, dass ich mit Tabitha und Elodie nicht rumknutsche.

Elodie

SUPER SCHNAPPSCHUSS

Ihr seht toll aus, sagt Rachelle
zum versammelten Lacrosse-Team.
Sie »beaufsichtigt« den Fototermin fürs Jahrbuch,
dabei will sie in Wirklichkeit
nur Dustin Diaz treffen.
Ich mache schnell meine fünf Bilder und die Spieler
verstreuen sich.
Ist was dabei?, fragt Rachelle und ich nicke.
Sie rast auf Dustin zu wie ein Angreifer aufs Tor.
Hey, ruft Brady Finch mir zu.
Er hat Jason Baines im Schwitzkasten.
Mach ein Foto, wie ich Jason in den Arsch trete.
Rachelle wirft mir einen Blick zu, der sagt:
Das wird ein super Schnappschuss!,
also bleibt mir nichts anderes übrig.
Ich blicke durch den Sucher,
doch als ich den Auslöser drücke,
sehe ich kein perfektes Beispiel für die Anatomie des
Menschen;
es ist nur das Porträt eines Idioten.

Und dann tue ich etwas,
wovon ich nie dachte, dass ich es tun würde.
Ich drehe mich um
und lasse Brady Finch stehen.

Tabitha

CAFETERIA

»Die Fischstäbchen sind eklig.« Kayla beißt in eins hinein und zieht eine Grimasse. Wir sitzen an unserem üblichen Tisch mit Samantha Bartle und ein paar anderen Freundinnen.

»Dann iss sie nicht«, sage ich.

»Was für Fisch soll das überhaupt sein?« Sie stochert in ihrem Essen herum.

Da setzt sich Taryn zu uns und sieht mich mit aufgesetztem Lächeln an.

»Hey, T, was geht?«, gurrt sie.

Wenn es eine Frage gibt, die ich nicht abkann, dann dieses »Was geht?«. Es ist eine totale Un-Frage. »Wie gehts?« würde wenigstens ein Thema vorgeben, auf das ich mit »Gut«, »Scheiße«, »Großartig«, »So lala« usw. antworten könnte. Bei »Was geht?« muss man sich immer den Kopf darüber zerbrechen, was alles los sein könnte. Was viel zu viel Arbeit für eine faule Zwei-Silben-Frage ist, und das kotzt mich an.

Ich ignoriere die Frage einfach komplett.

»Makrele«, sage ich zu Kayla.

»Was?«

»Die Fischstäbchen sind garantiert aus Makrele.«

Kayla blickt verwirrt auf ihren Teller. »Ich weiß noch nicht mal, was Makrele ist.«

»Wie gesagt, dann iss die Dinger nicht.«

Kayla seufzt. »Wann ist endlich Pizza-Tag? Es gibt überhaupt keine Pizza mehr. Patrick wollte uns doch zeigen, wie man Pizza macht, oder?«

Da kommt Brady in die Cafeteria und auf unseren Tisch zu, und ich stehe schnell auf.

»Hier«, sage ich zu Kayla. »Iss meinen Hummus. Der ist aus Kichererbsen.«

»Was zur Hölle sind Kichererbsen?«, fragt Kayla.

Doch ich bin schon auf dem Weg zum Hinterausgang, in der Hoffnung, einen würdevollen Abgang hinzulegen, aber eigentlich ist es mir auch egal, ob er würdevoll ist oder nicht. Hauptsache, ich bin hier raus.

Tabitha

TAUPE

»Was meinst du, taupe oder lachs?«, fragt mich Mom. Sie sitzt in Kleid und hochhackigen Schuhen und mit Diamanten besetzten Creolen am Esstisch und blättert durch einen Einrichtungskatalog.

»Wofür?«, frage ich und schütte mir zum Abendessen Special K in eine Schüssel.

»Für die neuen Rollos im Wohnzimmer. Das Wohnzimmer braucht eine Auffrischung.«

Da kommt Dad durch die Haustür. Er trägt einen Nadelstreifenanzug und Aktentasche, und als er uns sieht, lächelt er angespannt.

»Was meinst du, Jacob? Taupe oder lachs?«, fragt Mom. Doch Dad ist schon an uns vorbei und flüchtet sich ins Schlafzimmer.

»Liebling?«, ruft Mom ihm hinterher. »Denkst du an unser Abendessen mit den Underwoods? Sie wollen das neue indische Restaurant in Downtown ausprobieren.«

»Ich muss noch mal ins Büro«, ruft Dad. »Ich hole mir nur was anderes zum Anziehen.«

Mom nickt und wendet sich wieder dem Katalog zu.

Schweigend sitzen wir da, während er oben rumläuft, und dann hören wir ihn ein paar Minuten später wieder runterkommen und die Haustür leise klickend ins Schloss fallen.

Muss einem eigentlich ständig irgendein männlicher Vollidiot die Stimmung ruinieren?

»Dann esse ich wohl hier eine Kleinigkeit«, sagt Mom. »Und sage Rachel ab. Sie wird das schon verstehen.«

Ich starre sie an. Ihr einst wunderschönes Gesicht hat jetzt Krähenfüße um die Augen und Falten um den Mund. Sie ist immer noch hübsch und ihre blonden Haare sind genauso seidig und perfekt wie eh und je, aber es ist offensichtlich, dass sie ganz schön was durchmacht.

»Ist das dein Ernst, Mom?«

Sie sieht auf. »Was?«

»Wo will er denn jetzt noch hin?«

»Ins Büro. Hat er doch gesagt.«

»Es ist halb acht.« Ich kann nicht glauben, dass sie sich dermaßen was vormacht.

»Das Wohnzimmer sollte etwas gedeckter sein«, sagt sie. »Lachs ist zu protzig. Ich nehme Taupe.«

Elodie

GUTER BLICK

Auf dem Weg nach oben
komm ich an Dads Büro vorbei.
Ich steck den Kopf hinein und frage,
Hey, wie lief die Präsentation?
Er sieht mich überrascht an und sagt: *Gut.*
Danke, dass du fragst.
Er ist so formell,
dass ich schwer sagen kann, was er denkt
oder ob er sich freut, mit mir zu reden,
aber anscheinend tut er das,
denn er fragt mich, wies mit der Jahrbuch-AG läuft,
und ich hole die Kamera raus
und zeig ihm ein paar Fotos.

Du hast einen guten Blick, sagt er.
Das hat Mom auch immer gesagt.
Sie liebte Fotografie genauso sehr wie Filme
und wahrscheinlich genauso, wie sie mich geliebt hat
oder wie sie ihn geliebt hat.
Kurz sehen wir uns an

und er sagt, *Du musst sie ganz schön vermissen.*
Doch ich will nicht drüber reden,
also sage ich nur, *Ich muss noch Hausaufgaben machen.*
Und er sagt, *Bis später*,
und wir gehen
als Freunde auseinander
oder wie auch immer
man es nennen will.

Moe

22. April

Nach dem Gruppentreffen heute sind wir mit dem Bus ins Multnomah Village zu Vinyl Monkey gefahren. Der Laden hat gerade neu aufgemacht, neben Switch Shoes auf dem Capitol Highway. Ein netter Ort zum Abhängen, weil sich heute niemand mehr für Platten interessiert und die Leute, die dahin gehen, alle älter und total cool sind. Es wäre auch ein Superort zum Klauen, nur dass es nicht so einfach ist, unbemerkt eine Platte unterm Shirt zu verstecken. Flache, kantige Brüste würden wohl ziemlich auffallen. Außerdem ist die Besitzerin wirklich nett. Sie ist locker irgendwas über fünfzig und superdünn, und sie trägt orangene Clogs und bunte Hawaiikleider, die an ihr irgendwie stylish aussehen. Am liebsten mag ich ihre aufrichtige Liebe für Popsongs. Alex und Janet halten Popsongs und jede Bewegung beim Musikhören, die über ein Kopfnicken hinausgeht, ja für eine unentschuldbare gesellschaftliche Entgleisung. Ich weiß nicht, warum die beiden immer so anti sind, aber es nervt. Heute hat die Ladenbesitzerin die Musik richtig laut aufgedreht und wir sind nur so durch den Laden getanzt. Elodie und Tabitha haben ihren besten Washing-the-Car-Move vorgeführt und ich habe den Sprinkler gemacht und hatte richtig Spaß.

Als wir hinterher nach Nob Hill zurückgelaufen sind und Marcs Name fiel, ist Elodie total rot geworden. Anscheinend ist sie in ihn verknallt. Ich hab bisher nur zwei Mädels mitbekommen, mit denen er zusammen war, und mit denen hat er ziemlich schnell wieder Schluss gemacht, weil er eine Freundin will, die ein gutes Herz hat, wie er mir mal erklärt hat. Auch wenn ich Elodie nicht so gut kenne, würde ich sagen, wenn irgendwer diese Voraussetzung erfüllt, dann wohl sie.

Elodie

ALLE ANDEREN

Nach dem Plattenladen
gehen wir zum MAC-Store in Nob Hill
und Tabitha sagt, *Kommt, wir holen uns falsche Wimpern.*
Warum?, fragt Moe.
Weil, erklärt Tabitha,
wenn du darum bittest,
dass sie dir die falschen Wimpern ankleben,
du gleich noch um ein bisschen Concealer
und ein bisschen Eyeliner bitten kannst,
und bam!
hast du ein Make-up für umsonst.

Während der Typ mir die Wimpern anklebt, frage ich mich,
ob ich Marc damit wohl gefalle.
Tabitha verschwindet und kommt nach einer Weile
mit einem Paar Ohrringe wieder.
Der eine ist ein Stern und der andere ein Mond.
Sie gibt sie Moe.
Als Dankeschön für die Mix-CD, sagt Tabitha.

Moe grinst und steckt sie sich an.
Hast du die geklaut?
Tabitha sagt, *Natürlich.*
Sie weiß, geklaute Geschenke bedeuten viel mehr
als gekaufte,
wegen all dem, was man durchgemacht hat, um sie zu
bekommen.
Wir haben nur noch drei Termine, sagt sie,
wir müssen es genießen, solange es noch geht.
Das war wohl ihre Art zu sagen,
dass das hier vorbei ist,
wenn es vorbei ist.

IN CODE SPRECHEN

Du siehst gut aus,
sagt Jenna, als ich nach Hause komme,
und ich sage, *Danke,*
aber was ich eigentlich fragen will, ist:
»Ist das Code für ›Normalerweise siehst du scheiße aus‹?«
Aber das sage ich nicht.
Gibt es einen besonderen Anlass?, fragt sie.
(Code für: »Hast du eigentlich so eine Art Leben?«)
Ich antworte, *Nichts Besonderes. Ich war mit Freunden unterwegs.*
(Code für: »Geht dich überhaupt nichts an.«)
Mit Mädchen oder mit Jungs? (»Ich bin ganz ungeniert neugierig.«)
Mädchen, sage ich. (»Müssen wir dieses Gespräch unbedingt fortführen?«)
Wie schön, sagt sie. (»Du bist so eine Loserin.«)
Von der Kleptomanie-Selbsthilfegruppe, füge ich hinzu.
(»Ich bin eine gefährliche Kriminelle, leg dich besser nicht mit mir an.«)
Wie gehts Rachelle?, fragt sie. (»Ich dachte, du hast nur die eine Freundin.«)
Ich zucke die Achseln und sage, *Gut.* (»Können wir jetzt endlich aufhören zu reden?«)
Und, gibts an der Schule irgendwelche Jungs, die dir gefallen?, fragt sie.
(»Besteht die geringste Chance, dass du jemals einen Freund haben wirst?«)

Nicht wirklich. (»Glaubst du, das würde ich dir erzählen?«)
Ich sag Bescheid, wenn das Essen fertig ist, sagt sie. (»Ich geb auf.«)
Super, sage ich. (»Wir werden nie im Leben Freundinnen, also hör bitte auf, es immer wieder zu versuchen.«)

Moe

24. April

Als ich Noah heute auf dem Parkplatz in sein Auto steigen sah, dachte ich, *Scheiß drauf!*, und bin zu ihm gegangen. Ich wollte gerade Hi sagen, als er mir zuvorkam und fragte: »Kennen wir uns?« Und dann habe ich gesehen, dass Kayla Lee und noch ein anderes Mädchen schon auf der Rückbank saßen und mich anglotzten.

Ich war megasauer. Als ich nach Hause kam, hat der Papagei die ganze Zeit rumgekrächzt, als könne auch er meinen Schmerz spüren. Eine halbe Stunde später hat es geklingelt und Noah stand vor der Tür und hat mir ein KitKat hingehalten. Ein beschissenes KitKat?! Er wollte noch was sagen, aber ich hab ihm die Tür vor der Nase zugeknallt. Danach stand ich einfach nur da und mein Herz klopfte wie verrückt. Nach ein paar Minuten hab ich die Tür wieder aufgemacht. Noah war weg, aber er hatte das KitKat dagelassen. Wir haben diesen total bescheuerten Abtreter mit einem Eichhörnchen mit Cowboyhut, das sagt: »Howdy, Stranger!«, und das KitKat lag mitten drauf.

Als mir klar wurde, dass Noah gerade zum ersten Mal überhaupt an meine Haustür gekommen war, hätte ich das KitKat am liebsten durch den Garten geschleudert. Dann fiel mir ein, wie wir zum allerersten Mal miteinander geredet hatten, damals in der vierten Klasse, als ich neu hergezogen war. Ich hatte draußen auf der Bordsteinkante gesessen und eine Pause vom Sachen-Reinschleppen gemacht und ein KitKat gegessen. Noah fuhr auf dem Fahrrad vorbei, blieb stehen und fragte, ob ich hier einziehen würde. Und ich sagte: »Was'n sonst?« Aber dann guckte er so traurig, dass es mir leidtat und ich ihm was von meinem KitKat angeboten habe. Er hat es mit strahlendem Lächeln gegessen und das war der Anfang vom Ende für mich und Noah Simos.

TEIL FÜNF

»Warum muss ich mich
vor dem einzigen Menschen,
den ich beeindrucken will,
eigentlich bei jeder Begegnung
blamieren?«

Elodie

EWIG LEBEN

Ich bin mit Jenna bei New Seasons,
um Kokoswasser und braunen Reis,
glutenfreies Dies und parabenfreies Das
und haufenweise Grünkohl zu kaufen.
Jenna ist zehn Jahre jünger als Dad,
deswegen kauft sie immer Sachen,
die ihn ewig leben lassen.
Ich glaube, sie hält unsere Einkaufstrips
für eine super Möglichkeit, sich anzufreunden –
auch wenn bisher jeder Versuch gescheitert ist.

Als wir rauskommen,
sind ein paar BMX-Typen auf dem Parkplatz.
Einer von ihnen macht grad einen Wheelie
und ein anderer ist schneller als die Autos,
und als er an uns vorbeikommt,
sehe ich, dass es Moes Bruder Marc ist.
Gehen die bei dir auf die Schule?, fragt Jenna.
Ich sage Ja und sie sagt, *Nicht gerade der beste Umgang.*

Die Therapeutin, bei der ich war, als Mom gestorben ist,
würde das wohl »Übertragung« nennen:
zu sagen, dass jemand nach irgendwas aussieht,
weil man es eigentlich von sich selbst glaubt.

Marc macht einen Trick,
bei dem er über einen dieser Parkplatzstopper aus
Beton fährt
und dann durch die Luft fliegt,
und ich hole die Kamera hervor und mache ein Foto.
Jenna kriegt nichts davon mit und ich packe die Canon
wieder weg
und sehe noch mal zu ihm,
und da laufe ich gegen den Einkaufswagen,
der gegen einen anderen knallt
und der gegen noch einen anderen,
und dann rollen sie alle den Hügel runter
und die BMX-Fahrer müssen ihnen ausweichen.
Marc sieht mich,
also winke ich ihm mal wieder lahm zu
und bete, dass Aliens jetzt sofort die Erde überfallen
und mich irgendwohin entführen,
damit ich nicht länger die Erniedrigung ertragen muss,
dass mich meine Stiefmutter dabei beobachtet,
wie mich ein Junge beobachtet,
den ich vorgebe nicht zu sehen.

Tabitha

UMDEKORIEREN

Weil Mom darauf bestanden hat, dass ich mitkomme, waren wir den ganzen Samstagvormittag zusammen unterwegs, einen neuen Teppich fürs Wohnzimmer kaufen. Sie ist jetzt von ihren Lachs- und Taupe-Plänen weg und auf einem Türkis- und Gold-Trip.

»Ich weiß gar nicht, warum du schon wieder umdekorieren musst«, sage ich. »Hast du das nicht gerade erst vor einem Jahr gemacht?«

»Es macht mich glücklich«, sagt sie und knallt ihre American Express hin, um den 9300-Dollar-Perserteppich zu bezahlen, der das neue Farbschema komplettiert.

Mom macht das vielleicht glücklich, aber mir verursacht es Übelkeit. Obwohl ich gut reden habe. Mein Klauen verursacht ihr wahrscheinlich genauso Übelkeit.

Danach hat Mom Hunger. Wir gehen zum Mittagessen zu Fratelli im Pearl District und sie bestellt sich den marktfrischen Fisch und einen Wodka Tonic. Als der Kellner uns die Getränke bringt, sehe ich Kayla und Taryn auf uns zukommen, schwer bepackt mit Einkaufstüten. Mist.

»Tabs? Wie gehts dir?«, fragt Taryn.

»Wo warst du?«, fragt Kayla, während sie mich zur Begrüßung umarmt.

»Hatte ziemlich viel Hausaufgaben«, sage ich. Ich habe seit Tagen nicht mit ihnen gesprochen. Seit ich Sarah Crowder erzählt habe, dass bei Brady und mir »die Luft raus« ist. Natürlich wussten es alle sofort. Seit drei Tagen ignoriere ich Taryns und Kaylas neugierige Nachrichten und gehe ihnen aus dem Weg.

»Wir haben dich gestern bei MAC gesehen«, sagt Taryn und wirft mir einen komischen Blick zu. »Wer waren die Mädels, mit denen du da warst?«

»War sie nicht mit euch unterwegs?«, fragt Mom und nimmt einen Schluck von ihrem Cocktail. Verdammt. Das ist die Version, die ich ihr erzählt hatte.

»Nein, sie war mit irgendwelchen« – Taryn macht eine Pause –, »irgendwelchen Mädels unterwegs, die wir nicht kennen.«

»Neue Freundinnen!« Aufgeregt klatscht Mom in die Hände.

»Ich glaube, die Rothaarige hab ich schon mal gesehen. Kann das sein?«, fragt Kayla.

Was für ein Albtraum.

»Keine Ahnung. Sind aus meinem Uni-Vorbereitungskurs.« Ich zucke die Schultern und tue gelassen.

»Du hast überhaupt nicht zurückgerufen. Jetzt sind wir ohne dich shoppen gegangen.« Taryn sieht mich vorwurfsvoll an.

»Taryn hat sich ein schwarzes Kleid von Miu Miu gekauft«, erzählt Kayla. »Und ich ein weißes von Max Mara mit gelber Schärpe. Total trendy!«

»Kommt ihr vor dem Ball wieder vorbei, um euch zusammen zurechtzumachen?«, fragt Mom. »Das war so ein Spaß letztes Jahr.«

»Es hätte noch mehr Spaß gemacht, wenn ich an dem Abend

nicht meine Tage bekommen hätte. Mein Slip war total eingesaut! Weißt du noch?«, fragt mich Kayla und verzieht das Gesicht.

»Ja, das war nicht so toll«, sage ich.

»Ich verstehe auch nicht, warum du dir wieder was Weißes kaufen musstest.« Taryn verdreht die Augen.

»Oh! Wir könnten euch eine Limo mieten!«, ruft Mom.

»Können wir später darüber reden?«, frage ich.

Taryn wirft mir neugierige Laser-Blicke zu. »Gehst du mit Brady zum Spring Fling?«

Darauf habe ich keine Antwort. »Keine Ahnung.«

»Ich nehme noch einen«, sagt meine Mom und hält dem vorbeigehenden Kellner ihr leeres Glas hin.

»Eine Limousine wäre echt toll«, sagt Kayla.

Taryn sieht weniger überzeugt aus und wechselt das Thema. »Wir müssen los. Mom und Dad warten am Auto auf uns. Ruf mich an«, sagt sie, winkt und zieht Kayla mit sich.

Als sie weg sind, fragt Mom: »Wer sind denn deine neuen Freundinnen, von denen sie erzählt haben?«

Ich hole tief Luft. »Die sind aus der Selbsthilfegruppe.«

»Oh.« Überrascht zieht sie eine Augenbraue hoch. »Dann hast du eben gelogen.«

»Ist einfacher so.«

»Wenn wir eine Limo mieten, würdest du sie also nicht dabeihaben wollen?«

»Ich glaube, sie stehen nicht so auf Limos.«

Sie nickt. »Okay, macht nichts. Dein Vater findet Limos eh protzig. Er würde es nicht gutheißen, wenn ich für so etwas Geld ausgebe.«

»Für einen Perserteppich aber schon?«

»Das ist was anderes«, sagt sie und streicht sich die Haare glatt. »Das ist eine Investition. Eine Limo ist Verschwendung.«

»Warum machst du dir solche Gedanken, was er dazu sagen würde? Ist das nicht egal?«

Mom ignoriert die Frage. Der Kellner kommt und stellt ihren neuen Cocktail ab.

»Bist du nicht sauer, dass er fremdgeht?«, frage ich. Ich kann nichts dagegen tun. Es platzt einfach so aus mir raus.

»Das geht dich wirklich nichts an, Tabitha.«

»Na ja, er ist immerhin mein Dad«, sage ich laut. »Ich wohne auch mit ihm unter einem Dach.«

»Schhh!«, flüstert Mom. Aber mir ist es egal, ob uns irgendwer hört – der Kellner oder das komische Paar neben uns oder die dünne Rothaarige zwei Tische weiter. Sie ist mir sofort aufgefallen, als wir reingekommen sind. Es ist nämlich nicht das erste Mal, dass ich ihr begegne. Ich habe sie vor einem Jahr schon mal in einem Club in Burnside gesehen, im Aura. Da war ich mit Brady und ein paar von seinen Freunden. Brady hatte mir den schlechtesten gefälschten Ausweis der Welt besorgt und es war ein Wunder, dass wir nicht rausgeflogen sind. Brady wollte unbedingt in den VIP-Bereich, und da habe ich die Rothaarige gesehen, zusammen mit meinem Dad. Sie ist vielleicht zweiundzwanzig, maximal. Ich war von den Jägermeistern, die wir vorher im Park getrunken hatten, ganz beschwipst und habe eine Kellnerin gebeten, meinem Dad einen Drink zu bringen. Dann habe ich zugesehen, wie sie mit dem Cocktail zu seinem Tisch gegangen ist. Sie hat ihn abgestellt, und als sie sich umgedreht hat, um auf mich zu zeigen, habe ich den Mut verloren und bin weggerannt – und habe es meiner Fantasie überlassen, wie mein Vater total verwirrt den Shirley Temple angeguckt hat.

Moe

26. April

Als Alex und Janet mich gestern Abend abholten, hatte Tante B Nachtschicht, deshalb konnte sie nicht rummeckern, dass ihr meine Ausgeh-Freundinnen nicht passen. Draußen saß Noah vor seinem Haus. Er hat gesehen, wie ich total aufgebrezelt und mit Netzstrümpfen in Alex' ramponierten Chevy gestiegen bin. Ich habe ihm einen finsteren Blick zugeworfen und er hat ziemlich deprimiert geguckt. Nachdem ich die Tür zugezogen hatte, sagte Alex: »Heißes Outfit. Ich wusste gar nicht, dass der Schlampige-Transe-Look so deins ist.« Ich habe gelacht, aber irgendwie hat es mich schon verletzt. Normalerweise bin ich diejenige, die sich über andere lustig macht, andersrum mag ich es ehrlich gesagt nicht so. Dann fragte sie, wer der Lacrosse-Typ auf der anderen Straßenseite sei, und ich sagte, ich hätte keine Ahnung. Sie meinte noch, Lacrosse-Typen wären allesamt Arschlöcher, und da ich den Abend nicht gleich ruinieren wollte, ließ ich sie und Janet noch eine Weile über »diese Idioten« lästern. Ich habe die ganze Zeit versucht, ruhig zu bleiben, und mir gesagt, dass Noah sie nichts angeht.

Die Party schmissen ein paar Typen, die Janet kennt und die vor ein paar Jahren ihren Abschluss gemacht haben und jetzt praktisch nichts weiter tun, als Drogen zu verticken. In einen von ihnen, Gabe, ist Alex verknallt und als wir draußen mit ihm am Lagerfeuer standen und Whiskey tranken, sagte Gabes Freund, ich wäre ziemlich hot. »Der Schlampige-Transe-Look scheint gut anzukommen«, meinte ich zu Alex. »Vielleicht solltest du dein Obdachlose-Lesbe-Outfit noch mal überdenken.« Anscheinend hatte der Alkohol meine Zunge gelockert und ich trank immer weiter, und dann konnte ich Alex auf einmal nicht mehr finden, was entweder bedeutete, dass sie oben mit Gabe Sex hatte oder ohne mich abgehauen war. Beides war mir ziemlich gleichgültig.

Irgendein Typ, der offenbar total auf Glückspillen war, bot mir an, mich nach Hause zu fahren, aber ich gehe zukünftigen Vergewaltigern eigentlich lieber aus dem Weg. Marc konnte ich nicht anrufen. Er wäre ausgetickt. Damit blieb nur eine Person, die nett und nüchtern genug war, dass ich mich mitten in der Nacht betrunken bei ihr melden konnte.

Elodie

SOS

HILFE! HOL MICH AB!!!
Ich hab noch nie um 3 Uhr morgens eine SMS bekommen.
Mit verschwommenem Blick
starre ich aufs Handy,
bis ich erkenne, dass es Moe ist.
WO BIST DU?, schreibe ich.
Sie antwortet: FELONY FLATS.
Ich liege da und grübele,
dann stehe ich schließlich auf,
schlüpfe in meine Schuhe und aus meinem Zimmer
und leuchte mir mit dem Handy als meinem Laserschwert den Weg.
Ich schleiche über den Flur
und Gott sei Dank kann ich schleichen wie ein Dieb.
Am Ende des Flurs
krieche ich auf allen vieren
ins Schlafzimmer meiner Eltern,
nehme ganz leise
Dads Autoschlüssel von der Kommode

und krieche in Zeitlupe
wieder raus,
bis ich auf einmal höre, wie er sich umdreht,
doch zum Glück schläft er weiter,
und auf Zehenspitzen gehe ich runter,
zur Tür hinaus,
die Auffahrt hinunter
und steige ins Auto
und fahre los.

DRIVE

Ich fühle mich wie ein Action-Held,
wie Ryan Gosling in *Drive*,
bereit, auf und davon zu rasen.
Ich hab noch keinen Führerschein,
aber Dad hat mir das Autofahren gezeigt,
vor ein paar Monaten, bevor ich straffällig geworden bin.
Ich starte den Motor und lege den Gang ein,
dann fahre ich rückwärts die Auffahrt runter.
Ich bin noch nie im Dunkeln gefahren
und erst recht nicht ohne Begleitung.
Wenn die Cops mich jetzt erwischen,
stecken sie mich wahrscheinlich in den Knast
oder meine Eltern schicken mich aufs Internat.
Ich könnte ins Gefängnis kommen.
Allein der Gedanke
sollte mich davon abhalten,
aber irgendwie ist die Gefahr
eine hervorragende Motivation.
Shawn redet nie darüber,
doch die Wahrheit ist:
Durch die Angst fühlst du dich lebendiger,
als wenn du einfach nur lebst.
Du spürst,
wie sich deine Lunge weitet und dein Herz pumpt
und die Blutkörperchen durch dich hindurchrauschen.
Ich hab mal gelesen, dass Sex das Gleiche bewirkt,
aber da ich noch nie welchen hatte,
muss ich mich wohl hiermit zufriedengeben.

GLUT

In Felony Flats
sitzt Moe auf der Bordsteinkante
vor einem runtergekommenen Haus,
der Rasen voller alter Möbel,
irgendwoher laute Heavy-Metal-Musik.
Ich sehe eigentlich nur die brennende Zigarette,
ein im Dunkeln leuchtender Glutpunkt
in Netzstrumpfhosen.
Als ich näher komme, sehe ich ein Loch im Netz.
Sie krabbelt ins Auto.
Du bist da, seufzt sie
und lehnt sich an meine Schulter.
Danke, El.
Sie riecht nach Alk, so wie mein Vater tagelang
nach der Beerdigung von Mom,
bis er eines Tages aufwachte,
wieder zur Arbeit ging,
die Assistentin aus der PR-Abteilung kennenlernte,
sie heiratete
und nie mehr zurückblickte.

Moe stützt die Füße aufs Armaturenbrett.
Was ist passiert?, frage ich.
Sie zuckt nur mit den Schultern
und ich nehme ihr die Zigarette aus der Hand,
bevor sie ein Loch in den Sitz brennt.
Ich könnte sie aus dem Fenster werfen,
doch stattdessen nehme ich einen Zug

und halte kurz die Luft an, bis mir bewusst wird,
dass ich keine Ahnung vom Rauchen hab.
Ich huste und huste
und Moe fängt an zu lachen.
Was?!, rufe ich. *Ich habe noch nie geraucht!*
Dann lass es, sagt sie,
nimmt mir die Zigarette ab und wirft sie aus dem
Fenster,
und wir fahren weiter
und lassen die Zigarette verglimmen.

MANGELNDE KÖRPERPFLEGE

Bei Moe angekommen
wartet Marc vor der Tür
und er ist stinksauer.
Was soll der Scheiß, Moe?
Moe kichert, *Du hast geflucht.*
Sorry, sage ich zu ihm
und streiche mir nervös die Haare hinters Ohr.
Warum trage ich keinen Lipgloss?
Oder Mascara?
Warum habe ich einen Pyjama an
mit einer Comiczeichnung von einem Tortenstück?
Warum trage ich keinen BH,
aber habe auf der Stirn
einen Klecks Antipickelcreme?
Schnell verreibe ich sie
und frage mich,
wie mein Atem wohl riecht,
und er sieht mich an und lächelt.
Danke, dass du sie abgeholt hast.
Ich erwidere sein Lächeln, genau wie mein Pickel,
der so groß ist,
dass er wahrscheinlich einen eigenen Mund hat.
Ihr zwei seid echt goldig, lallt Moe und steigt aus.
Ich folge ihr mit einem ihrer Stiefel
und würde ihr damit am liebsten eins überziehen.

EIN GENTLEMAN UND EINE LADY

Ich liebe dich, Elodie, sagt Moe,
als Marc und ich sie zudecken,
und sofort will ich sie nicht mehr ganz so doll hauen.
Wir schleichen superleise über den Flur hinaus,
um ihre Tante und den Papagei nicht zu wecken,
und dann bringt Marc mich zum Auto und sagt, *Netter Pyjama.*
Ich blicke an mir runter und sehe einen riesigen Tomatensoßenfleck
auf dem Tortenstück.
Warum muss ich mich vor dem einzigen Menschen,
den ich beeindrucken will,
eigentlich bei jeder Begegnung blamieren?

Doch dann beugt er sich vor und öffnet die Tür
und schiebt mich ins Auto wie eine wertvolle Fracht.
Er sagt, *Du bist ganz schön süß so mitten in der Nacht,*
und ich habe keine Ahnung, was ich darauf antworten soll,
außer *Du auch*,
und ich schnalle mich an,
aber er greift nach meiner Hand und hält sie
einen Moment
und ich sehe hoch in seine unendlich braunen Augen
und dann macht er einen Schritt zurück und lässt mich los.

Ich fahre die Auffahrt runter
und mein Pickel und ich erwischen nur ein einziges Schlagloch.

Ich sehe ihn immer noch, also salutiere ich wie eine Idiotin
und fahre weiter, in meinem Tortenstück-Pyjama,
mit einem dämlichen Grinsen auf dem Gesicht,
und fühle den ganzen Weg nach Haus
und die Auffahrt rauf
und ins Haus
und über den Flur
und ins Bett
noch seine Hand in meiner,
und da liege ich,
bis die Sonne aufgeht
und der Wecker klingelt,
und denke immer noch
über die Nacht nach.

Moe

28. April

Ich habe Elodie ganz viel Schokolade zum Gruppentreffen mitgebracht, als Dankeschön dafür, dass sie mir das Leben gerettet hat. Als Shawn fragte, wofür die Schokolade sei, sagten wir, es wäre eine Identifikations-Übung, und vor lauter Freude hat sie sich fast eingepinkelt.

Nach der Stunde sind wir zu Tabitha, die in einem RIESIGEN Haus aus lauter Glas wohnt, in dem man von überall einen Blick ins Tal hat. Es war niemand außer uns da. Ich kam mir vor wie im Museum, wo du denkst, jeden Moment kommt ein Wächter angelaufen und packt dich, wenn du irgendwas anfasst. Tabitha hat uns jede Menge Blogs gezeigt. Manche bestanden einfach nur aus Gedanken von irgendwelchen Leuten über Musik oder Filme, und dann hat Tabitha uns den Blog von dem Mädchen gezeigt, das total darauf abfährt, den Schrank ihrer Mutter nach coolen alten Sachen zu durchsuchen, die man für neue Looks verwenden kann.

Als wir gegangen sind, hat Elodie uns erzählt, dass sie morgen Geburtstag hat, was total seltsam ist, wo doch alle immer so viel Aufhebens um ihren Geburtstag machen; aber Elodie muss natürlich so lange warten, bis es zu spät ist, irgendwas vorzubereiten. Ihr Dad hat ihr einen fetten Gutschein für Nordstrom besorgt und sie meinte, sie will mit uns »shoppen« gehen. Wir mussten ziemlich lachen. Ich habe schon eine Idee für das perfekte Geschenk für sie, aber erst mal haben Tabitha und ich einen lustigen Vor-Geburtstagstanz zu Willow Smiths' »Whip My Hair« für sie aufgeführt. Elodie hat sich so sehr weggeschmissen vor Lachen, dass sie furzen musste. Ich glaube, unser Geschenk ist gut angekommen.

Als ich nach Hause kam, habe ich Tante B gefragt, ob ich mir von ihr ein paar coole alte Sachen ausleihen kann, aber sie hat mich überhaupt nicht ernst genommen. Ich habe ihr erklärt, dass es kein Scherz ist, dass ich versuchen will, mich modischer zu kleiden, aber sie hat mir nicht geglaubt. Was mal wieder beweist, dass mein Ruf einiges zu wünschen übrig lässt.

Tabitha

PIZZA-TAG

Patrick Cushman sitzt mit ein paar Leuten aus dem Orchester zusammen und isst ein Sandwich. Er wirkt leicht überrascht, als ich mich neben ihn setze.

»Happy Pizza-Tag«, sage ich.

Der Typ, der gerade noch seine Oboe poliert hat, hört abrupt damit auf. Alle glotzen mich an.

»Du bist nicht besonders leicht zu finden«, sage ich zu Patrick und drücke eine Serviette auf mein Stück fettige Käsepizza. Ich will so viel wie möglich von der darauf schwimmenden Flüssigkeit aufsaugen.

»Wieso das?«, fragt er und beobachtet mich amüsiert.

»Du sitzt immer woanders.«

»Ich mag Abwechslung«, sagt er unbekümmert.

»Clever«, sage ich. Ein sommersprossiges Mädchen aus meinem Sportkurs nickt mir zu. »Hey, Laura«, sage ich, während ich die fettdurchtränkte Serviette zusammenknülle und auf mein Tablett lege.

Dann sehe ich wieder Patrick an. »Machst du diese Pizza wirklich zu Hause selbst?« Ich schneide ein kleines Stück ab und stecke es mir in den Mund. Es fühlt sich an wie einigermaßen verdauliches nasses Gummi mit einigermaßen verdaulichem trockenem Gummi. Ich schaffe es zu kauen. Gerade so eben.

Er sieht zu, wie ich schlucke. »Ich kann nicht glauben, dass du das gerade deinem Körper zugeführt hast.«

Sofort bereue ich, das winzige Stück gegessen zu haben. »Das bleibt wahrscheinlich zwanzig Jahre in meinen Eingeweiden, oder?«

»Fünfzig«, sagt er. »Hier. Probier das mal. Das ist viel besser. Ich mache eigentlich keine Pizza, aber super Sandwiches.« Er hält mir die Hälfte von seinem Truthahn-Vollkorn-Sandwich hin. Mit Sprossen und Tomaten.

»Ich dachte, du stehst auf Pizza.«

»Wie gesagt, ich mag Abwechslung.«

Ich beäuge das Truthahn-Sandwich. »Ich hoffe sehr, dass das gut ist.«

»Vertrau mir einfach«, sagt er und lächelt mich an. Ich beiße ab und kaue. Es ist köstlich.

Elodie

GEBURTSTAGSGESCHENK

Ich bin oben in meinem Zimmer
und hasse Mathe noch mehr als das Leben,
als Jenna an meine Tür klopft.
Da ist jemand für dich.
Ich gehe runter
und vor der Tür
steht Marc Truax.
Er trägt ein schwarzes Nirvana-T-Shirt
und abgewetzte Vans
und ich bin buchstäblich sprachlos.
Zum Glück ist er in der Lage zu sprechen.
Herzlichen Glückwunsch, sagt er
und
Magst du spazieren gehen?
Und ich nicke
und Jenna tut so,
als würde sie nicht lauschen,
aber ich bin so glücklich, dass es mir egal ist.

SECHZEHN WERDEN

Marc sagt, er kennt einen coolen Donut-Laden,
zu dem wir gehen können.
Ich weiß nicht, was an Donuts so toll sein soll,
aber das ist egal,
denn bevor ich weiß, wie mir geschieht,
spazieren wir schon
an der Burnside Bridge entlang
und reden
und ich bin nervös,
aber nur kurz,
und ziemlich bald
reden wir über alles Mögliche;
ich erzähle ihm von meiner alten Schule
und von Mom
und er erzählt von Motorrädern aus den Siebzigern,
von denen ich natürlich keine Ahnung habe,
und schließlich erreichen wir diese wirklich tolle
Bäckerei
mit dem Namen Voodoo,
wo ziemlich coole Musik läuft,
und das Mädchen hinterm Tresen
ist total gepierct und supernett
und Marc bestellt einen Donut mit Oreo-Topping
und einen mit Captain Crunch
und ich nehme einen Schoko-Donut mit Schoko,
aber bevor wir sie essen,
sagt er, *Warte*,
und kauft mir einen Slip

mit dem Voodoo-Logo und dem Slogan
THE MAGIC IS IN THE HOLE.
Ich werde rot, weil mir noch nie ein Typ Donuts gekauft
hat, geschweige denn Unterwäsche.
Dann nimmt er eine Kerze aus der Tasche,
die schon mal an war,
und sagt, *Sorry, das war die einzige, die ich finden konnte.*
Selbst dafür musste ich jemanden ausrauben.
Er grinst und zündet sie an
und er und das Mädel hinterm Tresen
singen richtig laut »Happy Birthday«.
Ich puste die Kerze aus und wünsche mir
na was wohl
und als wir aufgegessen haben,
kauft er mir noch mehr Donuts zum Mitnehmen.
Er sagt,
wenn ich meinen Geburtstag ordentlich feiern will,
brauche ich genug Donuts für eine ganze Woche,
denn man kann nicht einfach sechzehn werden
und fertig.

DONUTS

Was ist das?,
fragt Dad, als er die pinke Schachtel mit der Aufschrift
GOOD THINGS COME IN PINK BOXES
auf dem Küchentresen stehen sieht.
Jenna sagt, *Elodie hat Donuts geschenkt bekommen.*
Oh, sagt er.
Von einem Freund, fügt sie hinzu.
Oh, sagt er wieder.
Er peilt nichts,
zum Glück,
denn wenn sie noch mehr ausplaudern würde,
könnte es sein, dass ich tatsächlich sauer werde.

Doch als Dad aufsteht und in sein Büro geht,
beugt sie sich zu mir rüber und flüstert,
Ich hab früher auch auf Bad Boys gestanden,
und ich sage, *Er ist eigentlich gar nicht so.*
Und sie sagt, *Umso besser.*
Schon komisch: Ich habe mir Jenna nie jung vorgestellt,
aber natürlich war sie auch mal sechzehn,
bevor sie erwachsen wurde
und einen netten Witwer zum Heiraten fand,
der zufällig eine Tochter hat,
mit der sie bis jetzt
absolut nichts gemeinsam hatte.

Moe

29. April

Nach der Schule haben Marc und ich Rage gespielt, und als ich anfing, ihn wegen Elodie aufzuziehen, hat er fünf Mutanten hintereinander abgeschlachtet, also habe ich wieder damit aufgehört. Dann wollte er wissen, wie Elodie so ist. Ich habe gesagt, dass sie total nett ist und ein bisschen schüchtern, aber eine richtig gute Freundin. Woher wir uns kennen, habe ich ihm nicht erzählt.

Wir haben noch ein paar Minuten weitergespielt und dann hab ich ihn gefragt: »Bist du in sie verknallt?«, und er sagte: »Ich freue mich nur, dass sie nett zu meiner kleinen Schwester ist«, und ist rauf in sein Zimmer gegangen. Erst dachte ich, dass es komisch wäre, wenn mein Bruder und meine Freundin zusammenkommen würden, aber dann wurde mir bewusst, was für ein tolles Paar die beiden wären.

Apropos (nicht) zusammen sein – Noah habe ich seit dem Abend von Gabes Party nicht mehr gesehen. Ich würde am liebsten rüberlaufen und an sein Fenster klopfen, aber das ist so gar nicht mein Stil, also werde ich einfach weiter hier sitzen und darüber grübeln, wie ätzend es ist, dass wir nicht zusammen abhängen können, und wie sehr ich ihn hasse, obwohl ich das eigentlich gar nicht tue.

Tabitha

AUFSÄTZE

»Ihr habt wirklich großartige Arbeit geleistet«, sagt Ms Hoberman, als sie uns die Aufsätze zurückgibt. Ich bin ein bisschen nervös, denn eigentlich hatte ich keinen schreiben wollen, doch nachdem ich mit Elodie und Moe darüber geredet hatte, war mir die Sache schon etwas weniger beängstigend vorgekommen – schließlich sind alle Eltern komisch, also was solls? Und als ich erst mal angefangen hatte, kam ich richtig in Fahrt und habe mich ordentlich über Dad und seinen Scheiß ausgelassen, genauso wie über Mom und wie sie sich weigert, ihm die Stirn zu bieten. Dann habe ich es noch mal neu geschrieben und noch einen Teil darüber hinzugefügt, dass Mom ständig das Haus neu einrichten muss, seit mein Bruder aufs College geht. Dass sie glaubt, neue Sachen zu kaufen würde alles andere in Ordnung bringen. Ich weiß nicht, ob das irgendeinen Sinn ergibt, aber zumindest ist es die Wahrheit.

Als Ms H mir meinen Aufsatz zurückgibt, steht rechts oben in der Ecke ein A+. Ich bin tatsächlich ein bisschen stolz, besonders als sie sagt: »Sehr gut, Tabitha.« Ich habe das Gefühl, sie will noch mehr sagen. Vielleicht, dass ich, auch wenn ich Talent habe, wohl eine Therapie brauche.

Dann gibt sie Patrick Cushman seinen Aufsatz zurück und sagt: »Sehr schön geschrieben, Patrick.« Ich sehe sein A und er guckt mich an und sagt: »Wir sind beide ziemlich toll, was?«

Ich lächle.

»Sag mal ... hast du Lust, mit mir zum Spring Fling Dingeling zu gehen?« Er sagt »Spring Fling Dingeling«, als würde er den Ball eigentlich albern finden, aber er meint die Frage offenbar trotzdem ernst. Und ich bekomme den Schock meines Lebens. Ich meine, er ist süß und nett und alles, aber Spring Fling? Meine Beziehungen sind alle irgendwie verkorkst. Patrick Cushman verdient etwas Besseres. Er verdient es, beim Spring Fling Spaß zu haben, mit einem Mädchen, das entspannt und locker ist und nicht so kompliziert wie ich.

»Würde ich total gern«, sage ich. »Aber die Situation ist gerade nicht so einfach.«

Sein Lächeln verschwindet. »Wie meinst du das?«

Am liebsten würde ich sagen: *Auch wenn du eigentlich überhaupt nicht mein Typ bist und ich absolut nicht mit dir zum Spring Fling gehen kann, finde ich dich trotzdem ziemlich toll.* Aber das tue ich nicht. Stattdessen zucke ich die Schultern und sage: »Mit Brady und so.«

Er wirkt gekränkt und ich fühle mich wie ein Arsch. Mit dem Gefühl kam ich bisher immer einigermaßen gut klar. Aber jetzt stört es mich wie der kratzende Pulli, den ich in der Mittelschule geliebt hatte und der auf einmal anfing, mich verrückt zu machen, bis ich ihn schließlich wegwerfen musste.

Tabitha

KLEIDER

Ich sichte den Regenbogen an Kleidern, der bei Betsey Johnson im Laden hängt. Dabei weiß ich gar nicht, warum ich überhaupt hier bin, schließlich gehe ich mit niemandem zum Spring Fling, also brauche ich auch kein Kleid. Irgendwie bin ich auf Autopilot. Von außen wirke ich vielleicht wie eine gewöhnliche Kundin, aber innen drin bin ich gefährlich. Okay, vielleicht nicht auf die Art gefährlich wie Moe und ihre Freunde, aber ich bin eindeutig nicht glücklich.

Ich nehme ein paar Kleidungsstücke mit zu den Umkleiden und verstecke zwei Teile unter den anderen. Die Verkäuferin, die kontrolliert, wie viele Teile ich habe, gibt mir ein Schild mit einer 4 statt einer 6. In der Umkleide probiere ich ein hauchdünnes orange-gelbes Oberteil mit V-Ausschnitt an. Vielleicht hat Brady recht und ich habe ein paar Pfunde zu viel drauf.

Heute vor der sechsten Stunde habe ich Zoe Amato und Keith Savage auf dem Gang gesehen. Sie schaute zu ihm hoch und er zog sie an sich, um sie zu küssen. Ich blicke in den Spiegel. Ob ich jemals einen Typen finde, der mich in dem orange-gelben Top genauso liebt, wie Keith Zoe liebt, mit ihren kaputten Haarspitzen, den weiten Hosen und schiefen Zähnen?

»Alles okay da drin?«, ruft die Verkäuferin.

»Ja. Danke«, sage ich.

»Sag Bescheid, wenn du eine andere Größe brauchst.«

»Okay.«

Ich ziehe das Top aus und sehe mir das rote Kleid an. Es ist so ähnlich wie das, das ich vor ein paar Monaten habe mitgehen lassen, als Moe und Elodie und ich uns gerade kennengelernt und angefangen hatten, zusammen zu klauen. Vorsichtig entferne ich mit einem Nagelknipser den Sensor. Wenn man ihn unten genau an der richtigen Stelle abknipst, geht er nicht auf und verschüttet überall die blaue Tinte. Man braucht nur ein bisschen Übung, das ist alles. Ich achte darauf, den Stoff nicht kaputt zu reißen, dann falte ich das Kleid zusammen und lege es in meine Tasche.

Als ich aus der Umkleide gehe, lasse ich ein Top auf dem Boden liegen und gebe der Verkäuferin die restlichen vier Teile und das Schild mit der 4 zurück. Wie gesagt, ich bin gefährlich. Aber nicht für andere, nur für mich.

Elodie

WUNSCHTRAUM

In fünfzehn Minuten treffe ich mich mit Moe und Tabitha
am »Car Wash«-Brunnen.
Sie erwarten irgendwas Tolles von mir,
denn Tabitha klaut ein Neckholder-Top und Jeans
und Moe einen iPod
aus einem Laden auf der Southwest Fifth.
Ich habe bisher nur einen Bildband
über Siebzigerjahre-Motorradklamotten.
Okay, ich gebe es zu. Der ist für Marc.
Ich sollte natürlich klauen,
was ich den beiden gesagt habe,
und kein Buch von River Books & Gifts
für einen Typen, der noch nicht mal annähernd so was
wie mein Freund ist.
Eigentlich klauen wir nichts aus kleinen Familien-
betrieben,
aber in diesem Fall sind die Besitzer Arschlöcher
– die Anti-Homoehe-Schilder im Schaufenster
beweisen es –,
also verdienen sie es, beklaut zu werden.

Ich verlasse den Laden, das Buch unter einer Ausgabe
vom *Portland Mercury* versteckt,
und laufe den Gehweg runter,
vorbei am neuen Apple Store.
Durchs Fenster sehe ich Moe
und bleibe stehen.
Sie klaut überhaupt nicht:
Sie steht vorn am Tresen
zieht ihre Karte durch
und zahlt für Sachen,
die sie eigentlich klauen sollte.

FALSCH WIE DU

Was ist los?, fragt Tabitha, als ich am Brunnen ankomme.
Ich hab Moe in dem neuen Apple Store gesehen, sage ich.
Sie hat bei Apple geklaut?!, fragt Tabitha entgeistert.
Sie wird so was von erwischt werden!
Nein, sage ich,
sie hat nicht geklaut – sie hat gekauft.
Tabitha sieht mich verwirrt an.
Wollte sie nicht in dem Laden auf der Fifth einen iPod klauen?
Ich nicke und versuche das *Warum?*
und das *Was jetzt?*
zu verarbeiten.

Hey, sagt Moe, als sie auf uns zukommt,
und zieht den iPod aus der Tasche.
Mission accomplished.
Tabitha sieht mich an.
Wo hast du den her?, fragt sie Moe.
Aus dem Anti-Homo-Laden, sagt Moe selbstgefällig.
Hast du ihn geklaut?, frage ich.
Moe verdreht die Augen. *Was sonst.*
Tabitha und ich wechseln einen Blick.
Können wir los?, fragt Moe.
Ich will hier nicht rumstehen und warten, bis wir erwischt werden.

Tabitha

SCHNÜRSENKEL

»Moe, warte. Elodie hat gesehen, dass du ihn gekauft hast«, sage ich.

Moe bleibt stehen.

Zum ersten Mal, seit ich sie kenne, wirkt sie unsicher. Sie beugt sich vor und schnürt sich den Stiefel neu, dabei war er gar nicht offen.

Wütend sehe ich sie an. »Warum bist du dann bei der Klepto-Gruppe, wenn du gar nicht klaust?«

»Ich klaue ja«, sagt sie abwehrend.

»Aber warum kaufst du etwas, wovon du gesagt hast, dass du es klaust?«, fragt Elodie.

»Kann man es sich nicht mal anders überlegen?«, rudert Moe zurück.

»Moment.« Plötzlich wird mir etwas klar. »Die ganzen anderen Male – hast du da tatsächlich geklaut oder hast du da auch immer nur so getan?«

Elodie wirbelt zu mir herum. »Das würde sie nicht tun.«

»Ach, komm schon«, sage ich. »Das würdest du doch auch bringen. Du hättest doch alles gemacht, so wild wie du darauf warst, mit mir befreundet zu sein.«

»Was?!«, fragt Elodie verdattert.

»Oh Gott, du bist echt erbärmlich«, sagt Moe zu mir.

»Mag ja sein, dass ich mit dir befreundet sein wollte«, sagt Elodie. »Aber erstens ist das kein Verbrechen und zweitens hätte ich nicht wie Moe gelogen, um es zu erreichen.«

»Na toll. Das hat gesessen.« Moe sieht Elodie finster an.

»Okay, wie auch immer«, sage ich zu den beiden. »Jedenfalls habe ich mich nicht unter Vortäuschung falscher Tatsachen bei der Selbsthilfegruppe eingeschlichen.«

Moe schnaubt. »Immer noch besser, als eine totale Bitch zu sein.«

Und das von einer, die mit Hardcore-Typen rumhängt, so tut, als würde sie klauen, und heimlich Katy Perry hört.

»Finde ich auch«, sagt Elodie.

»Wenigstens bin ich nicht so eine Loserin wie ihr beide«, sage ich.

Als es raus ist, wünschte ich sofort, ich könnte es zurücknehmen. Aber es ist zu spät. Elodie dreht sich um und marschiert über die Southwest Fifth und am City Grill vorbei davon.

»Nett, danke«, sagt Moe und sieht mich wütend an, bevor auch sie sich umdreht und in die umgekehrte Richtung zur 76er-Haltestelle geht und ich alleine stehen bleibe und nirgendwo anders hinkann als nach Hause.

Teil sechs

»Leute verschwinden, aber Dinge bleiben.«

Moe

30. April

Ich weiß nicht, ob es sich gelohnt hat, mir Freundinnen zu suchen, die mir wirklich wichtig sind. Wenn sie echte Freundinnen wären, wäre es ihnen ja wohl egal, ob ich einen iPod klaue oder kaufe. Wenn sie echte Freundinnen wären, sollten sie mir glauben, selbst wenn ich ihnen erzähle, dass der Himmel magentafarben ist.

Als ich nach Hause kam, hat Marc mich wieder nach Elodie gefragt. Ich hätte am liebsten gesagt, dass sie mich verarscht hat. Ich hätte am liebsten gesagt, dass ich niemals echte Freundinnen haben werde, weil sie einen letztendlich doch immer im Stich lassen.

Also habe ich gesagt, dass Elodie ein Feigling ist und nicht zu ihren Leuten steht. Und dass sie klaut. Wahrscheinlich hätte ich noch hinzufügen sollen, dass ich sie angelogen habe und sie mich deswegen zur Rede gestellt hat, aber stattdessen habe ich ihn aus meinem Zimmer geschoben und die Tür zugemacht, bevor er mich weinen sehen konnte.

Tabitha

DER GUT AUSSEHENDE FREMDE

Ich wache immer früh auf; ich kann nichts dagegen tun. Vielleicht habe ich das von meinem Dad geerbt. Aber heute bin ich spät dran. Ich habe die Nacht nicht wirklich geschlafen, sondern mit einem unguten, ängstlichen Gefühl wach gelegen.

Ich quäle mich aus dem Bett, ziehe meine Joggingsachen an und mache mir einen Pferdeschwanz. Die Sonne scheint in mein Zimmer und ich sehe mir meine Sammlung von Schneekugeln und die ganzen Ohrringe und Klamotten an. So gut wie jedes Teil habe ich mir mit einem Fünf-Finger-Rabatt besorgt. Doch auch wenn die Sachen auf illegale Weise in meinen Besitz übergegangen sind, sind sie irgendwie tröstlich. Leute verschwinden, aber Dinge bleiben.

»Hi, Liebes.«

Ich drehe mich um und in der Tür steht Dad. Ich habe ihn schon seit so vielen Tagen nicht mehr gesehen, dass er mir vorkommt wie ein gut aussehender Fremder.

»Hey.«

»Wie läufts in der Schule?«, fragt er und lächelt mich aufmunternd an.

»Ganz gut.«

»Und mit Brady?«

»Ist vorbei.« Ich zucke mit den Schultern.

Er nickt kommentarlos und nimmt eine der Schneekugeln von der Kommode. Darin ist ein Lebkuchenhaus mit einer winzigen Eiche davor. Die Schneekugel ist eine der ersten Sachen, die ich geklaut habe, vor drei Jahren in einem Schreibwarenladen in Beaverton. Ich weiß noch, wie ich den Diebstahl geplant hatte und wie clever ich mir vorkam, als meine Mom total ahnungslos mit mir vom Schauplatz des Verbrechens davonfuhr.

»Tut mir leid, dass ich in letzter Zeit so oft bis spät arbeiten musste. Ich wollte schon lange mit dir reden«, sagt er und schüttelt die Schneekugel leicht, sodass darin ein Mini-Schneesturm entsteht.

»Ja?« Auf einmal bin ich aufgeregt. Vielleicht ist dies der Moment, wo er mir endlich die Wahrheit gesteht, was er spät abends immer macht. Vielleicht ist dies der Moment, wo der ganze Familienscheiß endlich ein Ende hat.

»Ich wollte dich daran erinnern, dass dein Auto zur Inspektion muss«, sagt er.

Ich starre ihn an. Darüber wollte er mit mir reden? Noch vor einer Woche hätte ich ihn dafür angeschrien und auf ihn eingeschlagen, weil er mich so enttäuscht. Aber jetzt weiß ich, dass es besser ist, tief durchzuatmen und einfach nichts mehr von ihm zu erwarten.

Also sage ich nur: »Okay, mache ich am Wochenende.«

Er nickt und verschwindet.

Mit einem Knoten im Magen stehe ich da und sehe zu, wie der Schnee in der Kugel auf das winzige Haus und den Miniaturbaum fällt, die in der Glasblase auf ewig im Winter gefangen sind.

Elodie

NATURKATASTROPHE

Für Rachelle ist die Fertigstellung des Jahrbuchs so
wichtig,
wie ein Tsunami-Krisenzentrum zu führen.
Im Kampf gegen das steigende Wasser
hält sie sich für den Mittelpunkt der Welt.
Sie ist so gestresst,
dass noch nicht mal Dustin Diaz sie retten könnte.
Als sie fragt,
Wo ist das verdammte Foto von der Französisch-AG?,
suche ich das Weite.
Ich könnte ihr sagen, dass ich es ihr schon vor einer
Woche gegeben habe,
aber das würde nur noch mehr Zerstörung verursachen.
Es gibt nur eine Rettung
und die geht gerade an unserem Fenster vorbei.
Bin gleich wieder da, sage ich und laufe zur Tür hinaus,
und es ist es mir egal, dass ich einen Orkan namens
Rachelle im Rücken hab,
die mir hinterherbrüllt.

KALT

Marc!
Er bleibt stehen
und auf einmal bekomme ich Panik,
weil ich gerade
vor einem ganzen Raum voller Jahrbuch-Nerds
einem aus der Zwölften hinterhergerannt bin.
Am liebsten würde ich mich übergeben,
doch stattdessen warte ich darauf,
dass er mich ansieht.
Als er es schließlich tut,
blicke ich nicht in unendlich warme braune Augen,
sondern in eine dunkle, stahlgraue Wolke.
Hast du mit meiner Schwester geredet?, fragt er.
Ich spüre, wie Rachelle mich durchs Fenster beobachtet
und überlegt, worüber wir uns wohl unterhalten
und ob sie es für die Lokalsendung aufnehmen soll.
Wir haben uns gestritten, sage ich.
Warum?, fragt er.
Und dann,
Du klaust also, ja?
Ich stehe da und suche nach einer Antwort,
als er auf einmal sagt, *Ich muss weiter*,
und geht und seine unendlich braunen Augen
und den ausgefransten Jeanssaum
und das Loch in seinem T-Shirt
mit der schokoladenfarbenen Haut darunter mitnimmt,
und alles Warme
wird kalt.

Moe

1. Mai

Heute haben Alex, Janet, Roy und ich die Schule geschwänzt. Wir haben bei Roy auf seinem orangenen Wollteppich gesessen, mit seiner Sid-Vicious-Bong gekifft und die Circle Jerks gehört. Ich weiß nicht, warum ich mitgemacht habe. Manchmal gefällt es mir, aber eigentlich mag ich kein Gras. Heute mochte ich es nicht. Und die Austern haben mir auch nicht geschmeckt. Egal, wie oft ich die schleimigen Dinger schlucke, ich will jedes Mal kotzen. Und was die Wirkung vom Gras angeht – ich bin einfach nur paranoid geworden und musste alle fünf Minuten pinkeln. Dann wollten Roy und Janet raus und in der Auffahrt skaten, und ich musste daran denken, dass meine Eltern an dem Tag nicht zu Big 5 gefahren wären und keinen Autounfall gehabt hätten, wenn ich nicht so sehr darum gebettelt hätte, ein Skateboard zum Geburtstag zu bekommen. Wäre ich mit Elodie und Tabitha zusammen gewesen, hätte ich ihnen von den ganzen Gedanken, die mir durch den Kopf schwirrten, erzählt; stattdessen saß ich einfach nur da und hoffte, dass ich sie nicht laut aussprach.

Ich muss zugeben, ich mag es eigentlich nicht besonders, high zu werden und Thrash Punk zu hören. Vielleicht wäre ich geblieben, wenn wir etwas gehört hätten, wozu man tanzen kann, aber als Janet dann auch noch meinte, es wäre doch super, zum zwanzigsten Mal *Pootie Tang* zu gucken, hatte ich eine gute Entschuldigung, nach Hause zu gehen.

Tabitha

GEMEIN

Ms Hoberman ist total sauer. Ihr signiertes und laminiertes *Romeo und Julia*-Programm ist weg. Heute Vormittag ist es von seinem Ehrenplatz über ihrem Tisch verschwunden.

»Vielleicht sollte ich mich darüber freuen, dass unser Theater-Ausflug irgendwem so sehr gefallen hat, dass er ein dauerhaftes Andenken haben wollte«, sagt Ms Hoberman. »Tue ich aber nicht.«

Holla. Normalerweise ist Ms Hoberman nicht so leicht reizbar.

»Ich hoffe, dass diese Person es sofort zurückgibt, damit ich nicht länger so wütend sein muss.«

Ms Hoberman tut mir leid. Sie gibt sich immer solche Mühe, zu allen nett zu sein, auch zu den Arschlöchern und Idioten, darum weiß ich wirklich nicht, warum irgendjemand sie ärgern will.

Nach der Stunde gehe ich zu meinem Spind, um mein Sozialkundebuch zu holen, aber als ich Brady und seine Gang sehe, flüchte ich mich schnell hinter den Snack-Automaten und verschwinde in die andere Richtung. Zum Glück schaffe ich es, ihn den Rest des Tages zu vergessen, bis Mom mich von der Schule abholt, weil mein Auto in der Werkstatt ist. Sie wartet mit ihrem beigefarbenen Lexus auf dem Parkplatz.

»Du bist pünktlich«, sage ich.

»Natürlich.« Sie wirkt nüchtern und ich bin erleichtert. Noch eine Verhaftung in der Familie brauchen wir echt nicht.

Als ich eingestiegen bin und die Tür hinter mir zuziehe, sagt sie: »Ich habe Brady gesehen. Seid ihr nicht mehr zusammen?«

»Warum fragst du?« Ich wende den Blick ab.

»Er und deine Freundin Taryn haben einen recht vertrauten Eindruck gemacht.« Das ist mir neu, aber darüber will ich jetzt auf keinen Fall reden.

»Na und? Dad hat doch auch ein ziemlich vertrautes Verhältnis zu anderen Frauen, oder etwa nicht? Keine große Sache.«

Die Gesichtszüge entgleiten ihr und sofort fühle ich mich wie ein Arsch.

»Tut mir leid«, sage ich. »Das war gemein.«

Sie richtet sich auf und sagt: »Ich habe ein Buffet fürs Wohnzimmer ausgesucht. Es ist aus wunderschönem hellen Holz, das perfekt zum neuen Teppich passt.«

Sie legt den Gang ein, sieht mich an und fügt noch hinzu: »Du hast recht. Das war wirklich gemein.« Und dann fährt sie los.

Moe

2. Mai

Es ist wieder kalt und regnerisch und Tante B hat mich angeschrien, weil ich den Müll nicht rausgebracht habe, und Marc ist schlecht gelaunt. Alles ist also ziemlich scheiße. Aber insgeheim versuche ich, es wiedergutzumachen. Ich hoffe, es funktioniert.

Elodie

ALLEIN

Ich bin im Supermarkt in Burlingame,
einem Paradies nutzloser Sachen,
und kurz davor, einen Creme-Eyeshadow von Revlon
in meiner Tasche verschwinden zu lassen.
Er hat eine ähnliche Farbe
wie der Eyeshadow von MAC,
den Tabitha an dem Tag in Nob Hill
für mich ausgesucht hatte.
Ich sehe mich um, ob mich jemand beobachtet.
Nicht, weil ich Angst hätte
oder von Shawn und ihrem blöden Programm
rehabilitiert worden wäre
– auch wenn manches, was sie sagt,
tatsächlich Sinn ergibt –,
es ist nur komisch,
jetzt allein zu klauen,
besonders wenn das, was ich klaue,
mich an andere denken lässt.

BESTE FREUNDINNEN

Das Jahrbuch ist hiermit offiziell fertig!,
verkündet Rachelle.
Alle klatschen, bis auf Dustin Diaz,
der ihrer inzwischen wohl
etwas überdrüssig geworden ist.
Ich suche meine Sachen zusammen, während Rachelle
allen High-fives gibt.
Ich beneide sie.
Sie hat ihren Platz in der Welt gefunden
und der ist hier.

Glückwunsch, sage ich. *Das hast du toll gemacht.*
Sie lächelt angespannt.
Noch vor ein paar Monaten hat sie mich ihre beste
Freundin genannt,
aber die Bezeichnung hätte es nie in die letzte Redak-
tionsrunde geschafft.

Hast du das Foto von dir
und Tabitha Foster und Maureen Truax gesehen?
In der Rubrik »Best Friends Forever«?,
fragt sie abfällig.
Ich würde mich vor Maureen in Acht nehmen, fügt sie hinzu.
Ich habe gesehen, wie sie Ms Hobermans Romeo-und-Julia-
Programm geklaut hat, als sie dachte, niemand würde gucken.
Ich habs dem Schulleiter gesagt und er ist richtig sauer.
Wäre das hier *Romeo und Julia*,
hätte Rachelle die Rolle des Apothekers;

sie liebt es, den Leuten Gift zu verkaufen.
Ich setze ein Lächeln auf
und gehe und tue so,
als würde ich absolut nichts schmecken.

Moe

3. Mai

Ich hatte die Regeln des Klauens alle aufgeschrieben, aber als es so weit war, habe ich falsch gemacht, was man nur falsch machen kann. Ich habe mich schuldbewusst verhalten. Ich habe von jemandem geklaut, den ich kenne. Ich habe nicht sichergestellt, dass die Luft rein ist. Aber ich wollte meinen Freundinnen unbedingt beweisen, dass ich keine Lügnerin bin. Und etwas Besseres als ein Souvenir von unserem Shakespeare-Ausflug ist mir nicht eingefallen, wo wir drei eigentlich hätten zusammensitzen sollen, statt in unseren jeweiligen Gruppen und dabei so zu tun, als würden wir uns nicht kennen. Daran muss ich denken, als ich hier sitze und darauf warte, ins Büro des Schulleiters gerufen zu werden, wo alles noch schlimmer werden wird, als es ohnehin schon ist.

Tabitha

HATE MAIL

Als ich vor der sechsten Stunde zu meinem Spind gehe, checke ich vorher, ob der Weg frei von Arschlöchern ist. Dann sehe ich den Umschlag in einem der Schlitze des Spinds stecken. Ich will ihn gerade herausziehen, da höre ich:

»Hey, Tabitha.«

Ich zucke zusammen. Ich kann nicht anders. Als ich mich umdrehe, steht Brady hinter mir.

»Was hast du da?«, fragt er selbstgefällig und zeigt auf den Umschlag.

Angespannt lächelnd zucke ich die Schultern.

»Hoffentlich keine Hate Mail«, sagt er und streicht sich die Haare aus den Augen. Ich versuche, seinen Bizeps zu ignorieren und daran zu denken, dass er mich nicht mehr interessiert.

»Dann tu du mir doch den Gefallen«, antworte ich und gebe ihm den Umschlag. Wenn es wirklich Hate Mail ist, kann sie genauso gut jemand öffnen, den ich hasse.

Er reißt den Umschlag auf. »Scheiße, hast *du* das geklaut?«, gackert er und hält den Inhalt des Umschlags hoch.

»Nein!«, rufe ich.

»Warum hast du es dann?«

Ich reiße es ihm aus der Hand.

»Ist das etwa ein Geschenk von Patrick Cushman?«

Ich verdrehe die Augen. Ist das sein Ernst? Damit will er mich jetzt aufziehen?

»Wovon redest du, Brady?«, frage ich ihn ausdruckslos.

»Du hast neulich mit ihm Mittag gegessen«, sagt er. Da kommt Taryn auf uns zu und er wirkt auf einmal ziemlich unentspannt.

»Hi, Süße«, flötet Taryn. »Schöne Schuhe.«

Sie und Brady schauen sich an. Ich sehe zwischen den beiden hin und her.

»Wir haben nichts gemacht«, platzt Taryn superschuldbewusst heraus. Brady wirft ihr einen warnenden Blick zu und mir ist alles klar. Brady macht jetzt mit meiner sogenannten besten Freundin rum. Und auch wenn sie ein schlechtes Gewissen hat, opfert sie für ihn unsere Freundschaft. Nicht, dass ich es ihr übel nehmen würde. Außer Mode und Klatsch und Eifersucht gab es zwischen uns eh nicht viel.

»Ihr seid echt widerlich«, sage ich.

Brady macht einen Schritt auf mich zu und hebt die Hand – schwer zu sagen, ob er mich trösten oder mir mal wieder wehtun will, aber ich tue das, was ich schon vor langer Zeit hätte tun sollen. Ich trete ihm so doll ich kann in die Eier.

»AU!«, brüllt er.

»Verdammt, was machst du?«, kreischt Taryn.

Ich wünschte, ich hätte so zugetreten, dass er umgefallen wäre, aber meine Beine sind leider nicht die kräftigsten.

»Du bist so eine Bitch«, sagt Brady, während er sich keuchend gegen die Spinde lehnt.

»Ich hasse dieses Wort«, gebe ich zurück, klemme mir das

Shakespeare-Programm unter den Arm und gehe. Die Leute auf dem Gang starren mich alle an, wahrscheinlich weil sie mit Bradys Einschätzung, dass ich nicht gerade nett bin, übereinstimmen. Aber hey – es gibt Leute, deren Meinung ist mir wichtig, und diese hier gehören nicht dazu.

Moe

4. Mai

An die Eltern/den Vormund von Maureen Truax:

Hiermit teile ich Ihnen mit, dass Maureen Truax wegen Verstoß gegen § 120 13(1)(B)(3) für einen Zeitraum von fünf Tagen vom 3. bis 10. Mai von der Schule suspendiert wird.
Maureen Truax wird suspendiert, weil sie gegen die Schul- oder Bezirksgesetze in oben genanntem Paragrafen verstoßen hat.
Konkret wird sie beschuldigt, persönliches Eigentum von Ms Janette Hoberman gestohlen zu haben.
Anbei finden Sie Informationsmaterial zu einem örtlichen Rehabilitationsprogramm (»Kleptomanie-Selbsthilfegruppe«), das auf dieses Problem spezialisiert ist und dessen Besuch wir Ihrem Kind empfehlen.
Wenn Sie sich gegen eine Teilnahme am Programm entscheiden, müssen Sie dies innerhalb von fünf Tagen nach Beginn der Untersuchung der Bezirksverwaltung schriftlich mitteilen.
Suspendierte Schülerinnen und Schüler haben die

Möglichkeit, die während der Suspendierung verpassten Klausuren sowie Quartals-, Halbjahrs- und Einstufungsprüfungen nachzuholen.
Die Schulordnung verlangt, dass ein oder beide Elternteile (Vormunde) ihr Kind vor dem Wiederbesuch der Schule zu einem Gespräch mit der Schulleitung begleiten. Sollten Sie diesbezüglich Fragen haben, kontaktieren Sie mich bitte unter Tel. 503-555-0188.

Mit freundlichen Grüßen

Gerard Prescott

Gerard Prescott

Schulleiter

Elodie

NOCH MEHR VERGRABENE SCHÄTZE

In Geometrie
lehnt Noah Simos sich zu mir rüber und sagt,
Ich glaub, da will wer was von dir.
Er zeigt durchs Fenster
auf Tabitha.
Noah wirkt verwundert. *Seid ihr befreundet?*
Kommt auf den Tag drauf an, sage ich,
hole mir von Mrs Klein die Genehmigung,
auf Toilette zu gehen,
und schon bin ich auf dem Gang.

Ich hab gehört, Moe hat das Shakespeare-Programm geklaut,
platze ich heraus,
als ich auf Tabitha zugehe.
Tja, falls sie das getan hat, sagt Tabitha,
gibt es nur eine Person, die es beweisen kann.
Sie hält Ms Hobermans Schatz hoch,
das *Romeo und Julia*-Programm
mit den Autogrammen der gesamten Besetzung.
Das von dem Typen mit dem Ständer eingeschlossen.

Tabitha

NACHHALTIG

Ich sehe mir gerade Patrick Cushmans Facebook-Profil an und versuche mir etwas einfallen zu lassen, was ich ihm schreiben kann, als Mom an meine Zimmertür klopft.

»Wir gehen Sushi essen«, sagt sie, was mich ziemlich überrascht – früher sind wir ständig Sushi essen gegangen, bis Dad eines Tages überzeugt war, sich dabei eine Quecksilbervergiftung zugezogen zu haben. Was er gar nicht hatte, aber dafür hat er Mom mit Paranoia vergiftet, was vielleicht noch schlimmer ist.

Sie fährt mit uns zu Bamboo Sushi auf der Eastside. Ihr gefällt das Restaurant, weil es dort »nachhaltiges Sushi« gibt, was wahrscheinlich bedeutet, dass die Fische frei laufend sind oder so. Obwohl Mom, als ich sie danach gefragt habe, meinte, dass es so was wie frei laufende Fische nicht gibt. Im Restaurant hängt lauter Kunst an den Wänden und es gibt dieses eine Bild mit Hunderten perfekt aufgereihten weißen Origami-Schwänen. Wenn man es aus der Ferne betrachtet, ergeben sie zusammen ein Gesamtbild, aber aus der Nähe erkennt man, dass es einfach nur reihenweise gefaltetes weißes Papier ist. Wir sitzen im hinteren Teil des Restaurants an der Sushi-Bar, einem L-förmigen weißen Holztresen mit lauter Teelichtern darauf. Der Sushi-Koch reicht uns einen Teller Carpaccio von Weißem Thunfisch mit eingelegten Shiitakepilzen. Mir schmeckt das nicht besonders, aber es ist eins von Moms Lieblingsessen. Der Koch fragt sie, ob sie den Sake des Hauses probieren möchte.

»Nein, danke. Ich nehme einen grünen Tee«, sagt sie.

»Ach, komm schon, Mom«, sage ich und verdrehe die Augen. »Was soll denn das?«

»Nichts, ich bestelle Tee, weil ich welchen möchte«, sagt sie.

»Wie du meinst.« Ich weiß nicht, ob ich ihr glauben soll.

Als sie ihren Tee bekommt, trinkt sie einen Schluck und sagt: »Ich nehme demnächst auch an so einem Programm teil wie du.«

Erstaunt sehe ich sie an.

»Anonyme Alkoholiker«, erklärt sie. »Dir hat es doch geholfen, oder?«

»Ich glaube schon«, sage ich vage, denn ich will nicht zugeben, dass die Selbsthilfegruppe so ziemlich gar nichts gebracht hat, was das Heilen meiner Kleptomanie angeht.

»Man kann Menschen nicht vorschreiben, was sie tun oder lassen sollen«, sagt sie. »Aber manchmal kann man sie dazu inspirieren, einen besseren Weg zu gehen. Du hast mich dazu inspiriert.«

Sie hält ihren Tee hoch, um mit mir und meinem Glas Wasser anzustoßen, und ich weiß nicht, was ich denken soll, außer dass ich keine Ahnung habe, wann meine Mutter so esoterisch geworden ist, und dass mir roher Fisch noch nie so gut geschmeckt hat.

Moe

5. Mai

Prescott hat Tante B angerufen und gesagt, meine Suspendierung wäre aufgehoben, weil Ms Hobermans Programm von zwei Schülerinnen gefunden und abgegeben worden sei. Er hat noch hinzugefügt, dass ich eventuell trotzdem an einem Rehabilitierungsprogramm teilnehmen müsse, auch wenn der Diebstahl wieder aus meinem Vorstrafenregister gestrichen würde. Lächerlich.

Tante B war froh und erleichtert, aber nicht so froh, dass wir zum Abendessen zu Zeppo gegangen wären. Marc hat Tante B gefragt, ob der Schulleiter verraten hat, welche zwei Schülerinnen das Programm abgegeben haben. Sie sagte Nein, aber ich meinte: »Das kannst du dir doch denken, oder?« Keine Ahnung, ob er es geschnallt hat, aber wir haben es einfach dabei belassen und eine Runde Rage gespielt.

Elodie

GEGENSEITIGES VERSTÄNDNIS

Als ich an Dads Büro vorbeigehe,
telefoniert er grade,
aber dann legt er auf
und ruft mir nach, *Heute ist der letzte Tag von diesem Kurs, oder?*
Ich gehe ein paar Schritte zurück und nicke.
Soll ich dich fahren?, fragt er.
Gern, sag ich.

Er steht auf und kommt auf mich zu.
Ich frag mich, was er vorhat,
und dann legt er einen Arm um mich und sagt,
Du machst das schon, Kiddo.
Keine Ahnung, was er damit meint,
vielleicht finde ichs eines Tages raus,
vielleicht auch nicht;
schließlich ist er fünfzig und ein Mann
und ich bin ein sechzehnjähriges Mädchen,
wir sind also nicht unbedingt dafür geschaffen, uns zu verstehen.

Er drückt mich an sich,
es ist ein bisschen komisch,
und er lässt mich schnell wieder los
und geht zurück an den Schreibtisch.
Ich sage Tschüss
und wir lächeln uns kurz an,
zwei Menschen, die immer durch eine andere Person
miteinander verbunden waren,
die, sosehr sie es auch versuchte,
nicht bei uns bleiben konnte.

GESCHENK

Als ich zum Gruppentreffen reinkomme,
sitzt Moe bereits in der letzten Reihe,
die Kapuze auf
und die Füße in den Stiefeln vor sich ausgestreckt.
Als sie mich sieht,
guckt sie unter ihrer Kapuze hervor
wie eine Eule,
mit ihren großen dunklen Augen,
die dich schneiden
oder wärmen können,
und gerade ist es irgendwas dazwischen.

EIN LETZTES MAL WAS MITTEILEN

Tabitha kommt fünf Minuten zu spät,
aber noch rechtzeitig,
um Ginas Bericht der Woche zu hören,
komplett mit iPhone-Fotos
von allen Verwandten, denen sie je begegnet ist,
und allen Haustieren, die sie je besaß,
und allen Gefühlen, die sie je hatte,
denn anscheinend hat sich ihr Leben
durch die Selbsthilfegruppe so geändert,
dass sie uns heute
besonders viel mitteilen muss.
Als sie endlich fertig ist,
fragt Shawn, ob noch irgendwer etwas mitteilen möchte.
Da steht Moe auf
und Tabitha und ich sehen uns überrascht an.
Bevor Moe anfangen kann zu reden,
bittet Shawn sie, die Kapuze abzunehmen.
Sie schiebt sie zurück
und die Haare fallen ihr ins Gesicht,
und sie sind nicht mehr kirschrot, sondern aschblond.
Es könnte glatt ihre echte Haarfarbe sein,
nur habe ich keine Ahnung, was ihre echte Haarfarbe ist.

Vor ein paar Monaten
ging ich neben einer kleinen alten Frau aus dem Supermarkt,
die gerade dabei war, Gummihandschuhe und eine Packung
Tomatensoße zu klauen.
Der Sensor ging los

und statt ihrer wurde ich festgehalten.
Ich habe gesagt, ich hab nichts geklaut,
aber der Sicherheitstyp hat mir nicht geglaubt.
Als er nichts finden konnte,
hat er gefragt, wer es denn sonst gewesen sein soll.
Doch weil die alte Frau sicher schlimmer dran war als ich,
habe ich nichts gesagt.
Ich war es leid,
in meinem Zimmer auf einen Typen zu warten,
der nicht auftaucht,
oder mit Leuten abzuhängen,
die mich in Schwierigkeiten bringen,
also bin ich hierhergekommen
und dachte, ich guck mir das ein- oder zweimal an,
aber dann hab ich hier nette Leute kennengelernt …
Sie sieht zu Tabitha und mir.
… und dachte, vielleicht gibts
auch noch andere Gründe zu bleiben.

Shawn läuft auf Moe zu und umarmt sie
und alle applaudieren und danken ihr.
Gina findet, jetzt ist ein guter Moment zu weinen.
Moe setzt sich schnell wieder hin,
sieht zu Tabitha und mir und flüstert,
Können wir jetzt ins Roxy?

Moe

6. Mai

Nachdem Shawn uns die erfolgreiche Teilnahme an der Kleptomanie-Selbsthilfegruppe bescheinigt hatte, sind wir drei zur Feier des Tages Quentin Tarantunas essen gegangen. Ich habe Elodie damit aufgezogen, dass sie mit meinem Bruder zum Spring Fling geht, und sie ist knallrot geworden. Offensichtlich ist sie total in ihn verknallt. Ich verstehe das mit dem Verknalltsein ja nicht. Es ergibt null Sinn. Ich glaube, Freundschaften sind ein bisschen einfacher. Vielleicht hilft es auch, wenn man sich in einer Selbsthilfegruppe für Leute kennenlernt, die versuchen, »die Leere in sich« zu füllen, wie Shawn es ausdrückt.

Wir haben noch drei Wochen bis zu den Sommerferien, dann noch ein Jahr Highschool und dann machen wir unseren Abschluss und werden erwachsen und gehen aufs College und heiraten und kriegen Kinder und werden alt. Ich weiß nicht, was als Nächstes passiert, aber solange wir weiterhin zusammen Quentin Tarantunas essen, ist das doch schon mal ein ziemlich guter Anfang.

Elodie

UND JETZT?

Nach dem Essen kommt normalerweise der Teil,
wo wir klauen gehen
und uns hinterher wiedertreffen,
um unsere Ausbeute zu vergleichen.
Aber jetzt erscheint uns das falsch.

Also laufen wir zusammen zur Bahn
und fahren zu Nordie's,
um mit dem Gutschein, den Dad mir geschenkt hat,
mal richtig shoppen zu gehen.

Am Ende werden unsere Taschen nicht überquellen,
aber wenn man schon so viel gewonnen hat wie wir,
wäre es Overkill, noch mehr zu nehmen.

Tabitha

DER ANRUF

Als ich nach Hause komme, sagt Mom, dass Brady angerufen hat. Seit Tagen schickt er mir Nachrichten, die ich alle ignoriert habe.

»Ich will nicht mit ihm reden«, sage ich.

»Manchmal ist es besser, ein schwieriges Gespräch hinter sich zu bringen, als ihm aus dem Weg zu gehen«, sagt sie. Erwähnte ich schon, dass sie letzte Woche bei den Anonymen Alkoholikern angefangen hat?

»Okay.« Ich nehme ihr das Telefon ab und wähle seine Nummer.

»Hi, Babe«, sagt Brady. Er ist gleich nach dem ersten Klingeln drangegangen.

»Tut mir leid, dass ich dich getreten habe«, sage ich. Er ist zwar vielleicht nicht der tollste Typ auf Erden, aber ich werde trotzdem besser schlafen, wenn ich mich entschuldigt habe.

Er lacht. »Ja, na ja, vielleicht hab ichs ja auch verdient.«

»Warum rufst du mich immer noch an?«, frage ich. Ich will dieses Gespräch so schnell wie möglich hinter mich bringen.

»Ich will morgen mit dir zum Spring Fling«, sagt er.

»Was?« Meint er das wirklich ernst?

»Komm schon. Wir hatten es doch so geplant. Ich finde, wir sollten zusammen hin.«

»Und was ist mit Taryn?«

»Taryn ist mir für meinen Geschmack etwas zu kaputt.« Reizend. Ich kann mir nur zu gut vorstellen, was er zu Taryn über mich gesagt hat. »Bist du noch da?«, fragt er nach einer Weile.

»Ja, aber ...« Ich mache eine Pause und denke kurz nach, bevor ich weiterrede. »Ich werde nirgendwo mehr mit dir hingehen.« Ich höre noch, wie er mit seinem perfekten Mund nach Luft schnappt, und lege auf.

Unten sitzt Mom in der Küche und schält eine Orange.

»Wie ist es gelaufen?«, fragt sie.

»Er meinte, wir sollten zusammen zum Spring Fling gehen.«

»Und?« Sie gießt sich ein Glas Pellegrino ein und gibt ein bisschen Saft von der Orange dazu.

»Ich habe Nein gesagt.«

»Na ja, du musst ja auch nicht unbedingt mit einem Jungen hingehen. Du kannst doch auch mit deinen Freundinnen hin.«

Ich zucke die Achseln. Schweigend sitzen wir da. Dann erkläre ich: »Ich hab ihm gesagt, dass ich nichts mehr mit ihm zu tun haben will.«

»Okay«, sagt sie. Und nach einer Weile: »Ich habe das Gleiche getan.«

»Wem hast du das gesagt?« Ich bin verwirrt.

»Deinem Dad. Jeffrey macht Montag die Scheidungspapiere fertig.«

Ich bin sprachlos.

»Ich dachte lange Zeit, er wäre die Liebe meines Lebens.« Beschämt sieht sie auf ihre Hände.

»Na ja, das war er ja auch, oder?«

»Nicht wirklich. Das bist du.« Sie lächelt mich an und versucht die Tränen zurückzuhalten. Ich versuche es auch, aber dann sage ich mir, dass es manchmal auch okay ist zu weinen.

Moe

7. Mai

Tante B und Marc und ich waren gerade beim Abendessen, als es an der Tür klingelte. Es war Noah. »Kann ich bitte mit deiner Tante sprechen?«, fragte er. Meine Tante kam raus, und ohne mich anzusehen, sagte er: »Hi, Ms Danner, ich wollte Sie fragen, ob es okay ist, wenn ich mit Maureen zum Spring Fling gehe?« Und Tante B hat geantwortet: »Ich glaube, solange du nicht um ihre Hand anhältst, reicht es, wenn du sie selbst fragst.« Dann ist sie weggegangen und ich stand einfach nur da und er sah mich an und fragte: »Und?« Ich zuckte mit den Schultern und nickte, und er sagte, er würde mich Samstag um sieben abholen. »Bist du sicher, dass du dich mit mir in der Öffentlichkeit zeigen kannst?«, fragte ich, und ob er nicht was davon erzählt hätte, dass er mit Kayla Lee zum Spring Fling geht? Er meinte, er habe nichts mit ihr gemeinsam, nicht dass sie ein schlechter Mensch sei oder so, aber neulich in Geometrie habe er zwei Mädels gesehen, von denen er nie im Leben gedacht hätte, dass sie befreundet wären, und da habe er erkannt, dass man nie vorher weiß, wer dein Freund sein kann. Dann ist Marc an uns vorbeigegangen und hat einen Pfiff ausgestoßen, und ich glaube, Noah war es peinlich, und ich habe Marc gesagt, er soll abhauen, und ihn geboxt, und Noah hat mich schnell auf die Wange geküsst und ist gegangen. Ich bin in mein Zimmer gelaufen und da sitze ich und schreibe das hier.

Elodie

EIN NOTWENDIGES ÜBEL

Ich lege mir Revlon Eyeshadow auf
und Jenna erzählt mir eine elend lange Geschichte
von einem Ball,
auf dem sie in meinem Alter mal war,
inklusive Rauferei
und einem Austauschschüler namens Karl.
Dann klingelt es Gott sei Dank.
Ich öffne die Tür und es ist Tabitha.
Okay, tschüss dann!
Wir ziehen uns bei Tabitha um, sage ich zu Jenna.
Ich greife nach Tabithas Arm und will schon los,
aber Jenna fragt, *Was ist das?*, und zeigt
auf das rote Kleid
über Tabithas Arm.
Das hab ich für Elodie bei Betsey Johnson gekauft,
sagt Tabitha.
Nein!, sage ich. Ich kann es nicht glauben.
Wartet!, platzt Jenna heraus. *Ich habe genau das Richtige dafür!*
Sie läuft nach oben

und Tabitha guckt mich an. *Wow. Was für eine Energie.*
Ich zucke die Achseln. *Sie isst 'ne Menge Grünkohl.*

Jenna kommt wieder runtergerannt und reicht mir
voller Stolz
eine Silberkette
mit einem großen, funkelnden Anhänger.
Mom hätte so was nie getragen,
aber Mom war auch nicht superstylish.
Oh, ist die toll, sagt Tabitha
und Jenna macht sie mir um.
Sie sagt, ich sehe wunderschön aus,
und vielleicht ist es noch nicht mal gelogen.
Dann macht sie ein Foto von Tabitha und mir,
um es Dad zu zeigen, wenn er nach Hause kommt,
und als wir gehen, drehe ich mich noch mal um
und sage,
Danke für die Kette,
und Jenna lächelt, richtig glücklich,
bis Tabitha sagt: *Keine Sorge,*
sie klaut zwar,
aber ich passe auf,
dass sie die Kette zurückgibt.

Moe

11. Mai

Noah stand um Punkt 18:50 vor der Tür, um mich abzuholen. Er trug einen schwarzen Anzug mit blauer Krawatte, was nicht unbedingt perfekt zu meinem lila Kleid passte, aber das war nicht schlimm. Statt eines Ansteckbouquets hat er mir einen normalen Blumenstrauß geschenkt, was voll okay war, denn den ganzen Abend ein Blumengesteck mit sich rumzuschleppen nervt. Ich habe ihm eine rote Rose fürs Knopfloch geschenkt. Als er mich in meinem Kleid sah, sagte er: »WOW. Du siehst toll aus.« Ich konnte gar nicht aufhören zu grinsen, auch wenn das alles nur eine alberne Tradition ist. Und Tante B hat uns posieren lassen und zig Fotos von uns gemacht und immer wieder gesagt, wie stolz sie auf mich ist. Sie macht eben gerne Fotos, und ich habe auch nichts dagegen, ein oder zwei Erinnerungsbilder zu haben.

Tabitha

UNSER HAUS

Ich gehe mit Elodie durchs Wohnzimmer, das erst mal nicht weiter umdekoriert wird. Mom hat das Projekt »auf Eis gelegt«. Trotzdem sieht alles perfekt aus. Auf dem Kaminsims und in der Küche stehen Lilien. Mein Dad hat Blumen wegen seiner Allergien nie gemocht, aber jetzt, wo er ausgezogen ist, stehen sie überall.

»Ihr habt so ein schönes Haus«, seufzt Elodie.

»Ja, aber vielleicht nicht mehr lange.«

»Was?«, fragt sie überrascht.

»Meine Eltern lassen sich scheiden.«

»Oh.« Elodie betrachtet mein Gesicht. »Und gehts dir gut?«

»Ja«, sage ich. Und meine es auch so. Bis darauf, dass ich jedes Mal, wenn ich mir die Zähne putze, eine nervig riesige Vase mit Dahlien auf dem Waschbecken zur Seite rücken muss, ist alles genau, wie es sein soll.

Als wir in mein Zimmer kommen, sieht Elodie die ganzen Klamottenhaufen und Schneekugeln und Parfümflaschen auf dem Boden. »Ist das alles geklaut?«

Ich nicke. »Ich will einiges davon loswerden.«

»Ooh – da sind ja richtig gute Sachen dabei«, sagt Elodie und hält einen schwarzen Wintermantel mit weißem Pelzkragen hoch.

»Früher hab ich Listen davon gemacht, wie viel was gekostet hätte, und alles zusammengerechnet. Das hat mich glücklich gemacht. Jetzt sind das nur noch irgendwelche Zahlen – und lauter Sachen, die ich nicht brauche.«

»Heißt das, du klaust nicht mehr?« Elodie sieht mich an.

Ich nicke. »Jeffrey, der Anwalt, sagt, die Richterin lässt sich auf einen Deal ein, aber wenn ich noch mal erwischt werde, kann man es nicht mehr aus meinem Führungszeugnis streichen.«

Elodie steht in dem roten Kleid vorm Schrank und bewundert sich im Spiegel. Sie macht dabei noch nicht mal ein Spiegelgesicht. Sie ist einfach, wer sie ist.

Dann dreht sie sich um und sieht mich an. »Trotzdem muss ich zugeben, dass ich das Kleid doppelt so sehr liebe, eben weil es geklaut ist.«

Ich reiche ihr ein Paar Silber-Creolen. »Wenn du schon ein geklautes Kleid trägst, kannst du es auch noch hiermit vervollständigen.«

Lächelnd nimmt Elodie die Ohrringe entgegen.

»Die Limo ist da!«, ruft meine Mom von unten.

»Was?!« Elodie und ich sehen uns aufgeregt an.

»Es ist eine Öko-Limousine!«, ruft Mom. »Die fährt mit Mais!«

Elodie lacht. »Deine Mom ist großartig.«

Ich nicke. Wir suchen unsere Sachen zusammen, tragen Lipgloss auf und machen uns auf den Weg zum Spring Fling.

Elodie

MAUERBLÜMCHEN

Früher hätte ich mich gefühlt wie ein Mauerblümchen,
das vor den Klos rumlungert,
doch jetzt bin ich einfach ein Mädchen,
das auf eine Freundin wartet.
Als Rachelle mit Dustin Diaz vorbeikommt,
sieht sie mich mitleidig an.
Doch ihr Mitleid hat keine Dornen mehr,
denn es ist unbegründet.

Aus dem Augenwinkel sehe ich Marc
und ein paar seiner Freunde reinkommen.
Er hat sich nicht direkt schick gemacht,
aber trotzdem schafft er es irgendwie,
noch besser auszusehen als sonst,
und das Mauerblümchen in mir
würde am liebsten weglaufen und sich verstecken,
weil Mauerblümchen das nun mal so machen.
Ich versuche unsichtbar zu werden,
doch es hat keinen Zweck.

Er bleibt direkt vor mir stehen und sagt,
Du siehst schön aus.
Danke, sage ich
und sehe ihm in die unendlich braunen Augen.
Der gewöhnliche Rhododendron, der ich eben noch war,
wird zu einer leuchtend pinken Dahlie,
das ehemalige Mauerblümchen
zu einer Blüte,
die wieder am Leben
und Teil dieser Welt ist.

Tabitha

ALTE FREUNDINNEN

Als ich aus der Toilettenkabine komme, steht Kayla am Waschbecken und trägt Lipgloss auf. Am liebsten würde ich sofort abhauen, aber dann wird mir bewusst, dass das superarschig wäre.

»Hey, Kayla«, sage ich unbeholfen.

»Oh, hey«, sagt sie verlegen.

Ich drehe das Wasser auf, um so schnell wie möglich fertig zu werden und zu verschwinden. Ich nehme Seife. Sie ist mit kleinen sandigen Körnern, die auf der Haut kratzen. So viel zum Thema Spring Fling als Top-Event.

»Hey, Tabitha, kann ich dich was fragen?« Kayla stellt sich direkt neben mich.

Ich weiß, was jetzt kommt, und ich habe absolut keinen Nerv darauf. Ich halte eine Hand hoch. »Ich will nicht über Brady und Taryn oder sonst irgendwen lästern. Wenn du das vorhast, muss ich jetzt leider gehen.«

Ich drehe mich um, aber sie hält mich auf. Himmel. Jetzt wird es unangenehm. »Kayla, ich meine es ernst!«

»Nein, warte! Ich wollte dich doch nur fragen ...« Sie senkt die Stimme. »Hast du ’nen Tampon?«

»Einen Tampon?« Ich bin total verwirrt.

»Ich hab gerade meine Tage bekommen. Kannst du dir das vorstellen? Schon wieder! Als würde ich von der Menstruationsgöttin verfolgt werden!« Sie wedelt mit einer Hand vor ihrem Kleid rum. »Und ich trage Weiß!«

Ich kann nicht anders. Ich muss lachen. Kurz wirkt sie gekränkt. »Tut mir leid!«, sage ich. »Es ist nur ... Du bist so lustig.«

»Ich bin nicht lustig! Ich blute!«, jammert sie. »Als wäre es nicht schon schlimm genug, dass Noah in letzter Sekunde entschieden hat, mit wem anders zu kommen. Spring Fling ist echt scheiße!«

»Warte hier«, sage ich. »Ich besorge dir einen Tampon.«

Draußen vor den Toiletten steht Elodie, aber sie ist so ins Gespräch mit Marc vertieft, dass sie mich gar nicht bemerkt. Als ich an Keith Savage und Zoe Amato vorbeikomme, die im Gang schmusen, höre ich Zoe sagen: »Ist Tabitha allein da?«

Und Keith antwortet: »Vielleicht hat sie ja trotzdem Spaß.«

»Hab ich tatsächlich«, rufe ich über die Schulter. Sie sehen mich merkwürdig an, aber wen interessierts? Am Rand der Tanzfläche entdecke ich Ms Hoberman. Sie tanzt zu einem schlimmen Cover von »Single Ladies (Put a Ring on It)«, das gerade von der Spring-Fling-Band zum Besten gegeben wird. Ich flüstere ihr mein Anliegen ins Ohr und sie sagt: »Oh, natürlich!« Schließlich hat sie Pädagogik studiert, um auf solche Situationen vorbereitet zu sein.

»Oh, ein Glück, vielen Dank«, sage ich, während sie ihre Handtasche öffnet.

»Und, hast du mal darüber nachgedacht, für den Schul-Blog zu schreiben?«, fragt sie und wühlt nach dem Tampon.

»Nein, nicht wirklich ...«

»Solltest du aber. Wir brauchen talentierte Leute wie dich,

selbst wenn du nur ein- oder zweimal die Woche etwas beiträgst. Und es würde sich auf jeden Fall gut auf deinen College-Bewerbungen machen.«

»Ich weiß nicht …« Langsam werde ich nervös. Warum habe ich nicht jemand anders nach einem Tampon gefragt?

»Du könntest auch unter Pseudonym schreiben«, schlägt sie vor.

Ich überlege kurz, und dann denke ich, warum eigentlich nicht? Was habe ich schon zu verlieren? Und, viel wichtiger, was habe ich zu verbergen?

»Nein, ich kann auch unter meinem Namen schreiben«, sage ich. »Ja. Absolut.«

Sie strahlt mich an, dann zieht sie mit einem »Ta-da!« triumphierend einen Tampon aus Biobaumwolle aus der Tasche. Ich nehme ihn und laufe zurück zur Toilette, wo Kayla immer noch am Waschbecken steht und versucht, eine Menge Klopapier zu einem Päckchen zu falten, das in ihren Slip passt.

»Mooooment«, sage ich. »Nimm lieber den hier. Vegan und bio.«

Sie schnappt mir den Tampon aus der Hand und bricht vor Erleichterung beinah zusammen.

»Oh Gott, danke, Tabs!«, keucht sie und drückt mich. »Du hast mir das Leben gerettet.«

»Immer wieder gern«, sage ich lächelnd.

»Ich wollte dich noch was fragen.«

»Was denn?«

»Du bist in Patrick Cushman verknallt, oder?«

Ich antworte nicht.

»Also, nur dass dus weißt: Ich finde, er ist richtig nett. Und irgendwie auch super hot. Du solltest ihm eine Chance geben.«

»Echt?« Ich bin schockiert. Im positiven Sinne.

Sie nickt und als ich das Mädchenklo verlasse, wird mir klar, wie einfach es sein kann, alte Freundschaften wieder aufleben zu lassen – vielleicht nicht für immer, aber zumindest für einen Abend. Man braucht nur eine zufällige Begegnung, einen Ratschlag und einen winzigen Menstruationshygieneartikel.

Moe

12. Mai, 3:25 Uhr

Zuerst war der Ball ziemlich seltsam, aber zum Glück haben wir dann einen Tisch gefunden, an dem wir zu fünft sitzen konnten. Es ist schon komisch, wenn alle versuchen, sich möglichst gut zu benehmen. Besonders wenn der eigene Bruder dabei ist. Aber dann hat er das Eis gebrochen, indem er eine blöde Geschichte erzählt hat, wie ich ihm früher mal beim Raufen den Ellbogen ausgerenkt habe, und alle haben gelacht. Noah beugte sich zu mir rüber und sagte: »Das passt zu dir«, und wahrscheinlich hat er recht. Aber ich finde, mein Ballkleid passt auch zu mir. Wer sagt, dass ich nicht beides sein kann?

Der beste Teil des Abends war, als der DJ verkündete, einen langsamen Song »für Maureen« zu spielen, »von Tabitha und Elodie«. Ich dachte nur, WAS? Und dann kam »Glory of Love« von Peter Cetera. Tabs und Elodie haben Noah mit dem Ellbogen angestoßen, als hätten sie das Ganze geplant.

Noah hat meine Hand genommen und ist mit mir auf die Tanzfläche gegangen, die ziemlich leer war, weil anscheinend niemand an unserer Schule kitschige Liebeslieder zu schätzen weiß. Wir haben Stehblues getanzt, und ich habe Noah erzählt, dass der Song einer der Lieblingssongs meiner Eltern gewesen ist, und er meinte, das wäre ziemlich cool.

Und Tabitha und Patrick Cushman haben sich endlich geoutet. Nicht, dass die beiden auf einmal zusammen wären, aber sie haben die ganze Zeit rumgekichert, als wären sie total verknallt. Und was Marc und Elodie angeht – ich hatte eigentlich befürchtet, dass es komisch wäre, neben meinem Bruder und seiner »Freundin« zu tanzen, aber er hat die ganze Zeit Abstand zu mir gehalten, sodass es voll okay war. Außerdem habe ich seine albernen Dance-Moves beobachtet, um ihn nachher damit aufzuziehen. Tabitha und Elodie und ich haben irgendwann angefangen, laut die Texte mitzusingen, was einige Leute ganz schön irritiert hat, als wären ausnahmsweise mal sie diejenigen, die den Witz nicht kapieren.

Später haben wir noch den Roboter und den Running Man getanzt, und dann war es vorbei und alle sind nach Hause gefahren. Noah hat mich gefragt, ob ich noch irgendwo anhalten und Burger essen mag. Erst dachte ich, ich will nicht, dass er mir beim Essen zusieht, aber dann habe ich überlegt, dass wir jetzt seit sechs Jahren nebeneinander wohnen und das ja wohl nicht das Problem sein kann. Außerdem war ich am Verhungern. Nach den Burgern sind wir nach Hause und Noah hat mich noch zur Tür gebracht und mich mit seinem Burger-Atem geküsst. Ich habe mindestens zehn Minuten gewartet, ob er sich vielleicht doch noch durchs Fenster in mein Zimmer schleicht, aber dann hat er mir eine Nachricht geschickt: SCHLAF GUT. BIS MORGEN. Ich habe OKAY geantwortet und hatte Angst, dass das komisch rüberkommt, aber dann hat er geschrieben: VERMISS DICH. SEHEN WIR UNS ZUM FRÜHSTÜCK? Ich musste fast heulen vor Glück, auch wenn ich wünschte, er wäre jetzt hier und wir könnten die ganze Nacht zusammen verbringen. Aber ich bin eh so müde, dass es wahrscheinlich besser ist zu schlafen.

XOXOXOXO

Elodie

LANGE GENUG DABEI

Heute ist das Jahrbuch erschienen
und alle blättern wie wild durch die Seiten,
auf der Suche nach sich selbst.

Ich bin jetzt seit neun Monaten hier
und inzwischen gar nicht mehr so neu.
Ich bin lange genug dabei, um zu wissen,
dass Moe Truax
die *Golden Girls* mag.
Ich bin lange genug dabei, um zu wissen,
dass Marc Truax
Physik genauso gut kann wie Tricks mit dem BMX-Rad.
Ich bin lange genug dabei, um zu wissen,
dass Tabitha Foster
ums Verrecken keine Witze erzählen kann,
aber deswegen nicht weniger komisch ist.
Trotzdem bin ich immer noch so neu, dass ich erst vor
Kurzem rausgefunden hab,
dass Leute immer für eine Überraschung gut sind,
selbst die besten Freunde.

Als ich durch die Schultür gehe,
warten Tabitha und Moe auf dem Parkplatz auf mich.
Wir wollen mit Tabithas neuem Auto zum Roxy.
Ihr Dad hat ihr einen glänzenden silbernen Prius geschenkt,
damit er sich besser fühlen kann,
weil er endlich seine Sachen gepackt hat
und gegangen ist.

Tabitha hat das Auto mit einem Lächeln angenommen
und blickt jetzt nach vorn,
denn sie ist schlau genug zu wissen,
dass man Menschen
– besonders die eigenen Eltern –
nicht so ändern kann, wie man sie gern hätte.
Tabitha setzt sich hinters Steuer
und da kommt die Sonne durch die Wolken
und findet ihren Weg in Tabithas Haare.
Auf Tabithas Haare werden Mädchen wie ich
wahrscheinlich immer neidisch sein,
ob mit ihr befreundet oder nicht.
Moe sitzt vorn, die Füße auf dem Armaturenbrett,
und wackelt mit den Zehen,
die Nägel sind neontürkis lackiert
und sehen aus wie von Schlümpfen bekackt.

Heute ist das Jahrbuch erschienen
und alle blättern wie wild durch die Seiten,
auf der Suche nach sich selbst.

Ich brauche das nicht.
Es hat einen Moment gedauert,
aber ich weiß bereits,
wo ich bin.

Tabitha

MESSIES

»Das Fernsehen hat angerufen«, sagt Moe zu mir. »Die wollen dich für ihre neue Staffel über Messies.«

Fasziniert sieht sie zu, wie Elodie und ich Unmengen von Zeug aus meinem Kofferraum laden. Wir stehen vor dem Obdachlosenheim für Frauen auf der Burnside Street, dem wir alles, was wir jemals geklaut haben, spenden wollen. Okay, das ist gelogen. Nicht *alles.* Vielleicht die Hälfte. Das war Elodies Idee. Ich glaube, sie wollte Marc beweisen, dass sie kein schlechter Mensch ist und einen guten Einfluss auf seine Schwester hat. Ist notiert.

»Oh, der gefällt mir«, sagt Elodie und hält einen rosa Bleistiftrock hoch. »Kann ich den haben?«

»Tut mir leid«, sage ich. »Doreen hat schon ein Auge drauf geworfen.« Ich zeige auf eine sehr hübsche, aber ziemlich dünne Frau, die uns schon die ganze Zeit beobachtet.

Wir schleppen das Zeug die Stufen zum Heim hoch. Moe hat recht. So viel, wie wir geklaut haben, hätten wir das Ganze auch professionell aufziehen können. Vielleicht hätten wir auch einen Banküberfall planen sollen, statt einfach nur Kleinkram aus Läden mitgehen zu lassen. Na ja. Nächstes Jahr.

Elodie hat Kartons voller Bücher und Schals und Schminkzeug und Schnickschnack. Ich dagegen habe kistenweise Klamotten und auch noch ein paar Puppen und zwei meiner Schneekugeln mit reingetan. Ich dachte, ein paar der Frauen haben vielleicht Kinder, die sich darüber freuen.

»Hey, Mädels, ich bin Natalie«, sagt die nette schwarze Frau, die uns reinlässt. »Shawn hat euch schon angekündigt.«

Überrascht sehe ich Elodie an. »Du hast Shawn erzählt, was wir vorhaben?«

Elodie zuckt die Achseln. »Ich habe sie angerufen, weil ich dachte, sie weiß sicher einen guten Ort, an den wir die Sachen spenden können.«

»Der Anruf hat sie wahrscheinlich überglücklich gemacht«, sagt Moe, zieht eine Gumby-Puppe aus meiner Kiste und hält sie fragend hoch. »Warum behältst du Gumby nicht?«

Ich reiße sie Moe aus der Hand und haue sie damit, während Natalie uns ins Heim führt – das offensichtlich nicht der fröhlichste Ort auf Erden ist – und dann um eine Ecke in den Gemeinschaftsbereich. Sie zeigt uns, wo wir die Sachen abladen können, und sofort stürzt sich eine Gruppe Frauen darauf.

»Dolce und Gabbana? Was?!«, ruft eine vielleicht fünfundzwanzigjährige Frau mit Zahnlücke ihrer Freundin zu und hält eine Jacke hoch. Ich zucke innerlich zusammen. Ich liebe diese Jacke. Ich weiß noch, wie ich sie bei Mario's geklaut und in dem Winter jeden Tag getragen habe. Ich wünschte, ich könnte sie behalten. Auf einmal wünschte ich, ich könnte das ganze Zeug behalten.

Da kommt »Doreen« auf mich zu und hält den rosa Rock und ein weißes Hemd mit breiten Manschetten hoch. »Ist das wirklich Prada?«, fragt sie schüchtern.

»Ja«, bestätige ich. »Na ja, aus der letzten Saison.«

Sie zieht das Hemd über ihr Tanktop und es fällt ihr geradezu perfekt über die Hüften und lässt sehr schön ihr Schlüsselbein zur Geltung kommen. *So* soll das also eigentlich aussehen.

»Wow. Das steht dir viel besser als mir«, sage ich aufrichtig beeindruckt.

»Echt?« Sie strahlt. »Ich hab so was noch nie getragen.«

»Du siehst toll aus.«

Während ich ihr in ihrem neuen Outfit hinterhersehe, macht Moe ein Handyfoto von mir. »Das Messie-Team wäre so stolz auf dich.«

Ich haue sie, und Elodie lacht. Da kommt Natalie zu uns. »Danke fürs Vorbeibringen.«

»Gern«, sagt Elodie.

»Wenn ihr irgendwann noch mal wieder Sachspenden habt, wisst ihr ja, wo ihr uns findet.«

»Hoffen wir, dass es nicht dazu kommt«, sagt Elodie. »Wir versuchen gerade, uns zu bessern.«

Wir verabschieden uns und gehen hinaus. Es ist ein perfekter Sonnentag in Portland, der erste richtige Sommertag in diesem Jahr. An Tagen wie diesen, wenn alles grün ist und der Himmel strahlend blau, wird mir immer klar, dass die ganzen Regenmonate sich am Ende doch auszahlen. Als ich mit Moe und Elodie die Treppe hinuntergehe, bin ich froh, dass wir unsere Sachen weggegeben haben. Geklaute Sachen können dich an unerwartete Orte bringen, aber irgendwann musst du sie hinter dir lassen.

DANKSAGUNG

Ich danke:

Gibran Perrone, für deinen scharfen Blick und Verstand und deine absolut brillanten Ideen.

Kate Sullivan, der Lektorin mit dem meisten Kuchen. Ich bin die glücklichste Autorin auf Erden, weil ich mit dir zusammenarbeiten darf. Du hast diesem Buch das Leben gerettet.

Steven Malk, denn wenn jeder Autor und jede Autorin einen Agenten wie dich hätte, wäre die Welt ein besserer Ort.

Pam Garfinkel, fürs Lesen und noch mal Lesen und dafür, dass du diesem Buch so viel Verständnis und Sorgfalt entgegengebracht hast.

Seth Jaret, wusstest du eigentlich, dass du mein Held bist? Jepp. Bist du.

Rushie Coughran, *merci beaucoup* für dein Portland-Wissen und dafür, dass du einfach großartig bist.

Mel und Katie, danke, dass ihr dieses Buch kauft und all euren Freunden und Freundinnen schenkt und die besten Eltern auf der Welt seid.

Gerry Huffman, für deine ausgiebige, von Diät-Cola befeuerte Unterstützung bis weit nach Mitternacht.

Jessica O'Toole, dafür, dass du der coolste Nerd bist, den ich kenne.

Shannon Woodward, dafür, dass du der kleinsten, verdrießlichsten Schreibgruppe der Welt immer wieder Kraft gibst.

Lee Cohen, weil niemand es besser macht.

Ashley Kruythoff, weil du ein Sonnenschein bist.

Tracy und Mimi Underwood, für euer geografisches Wissen.

Olivia Baird und den ganzen Chimacum-Mädels, dafür, dass ihr dieses Buch gelesen habt, und den Bibliotheken, die es unterstützen.

Sandie Amaya, du bist die allerbeste Assistentin.

Alene Moroni, ohne dich könnte ich nicht leben.

Katy Perry, für all die Partys, die ohne dich niemals so toll gewesen wären.

Kurt Lustgarten, du bist der Mann meiner Teenie-Träume.